माही की महागाथा

आशाराम मीणा

ISBN 979-888546387-4

क्रम-सूची

क्रम-सूची

माही की महागाथा

यह किताब महेंद्र सिंह धोनी के जीवन पर लिखी गई एक सफलतम संघर्षपूर्ण कहानी या महागाथा है जो हम सब के लिए एक प्रेरणादायक जीवन है ।

माही की महागाथा

"जीवन एक संघर्ष है और संघर्ष सफलता की चाबी है"

Written By

Asharam Meena

लेखक प्रस्तुतीकरण

मैं लेखक आशाराम मीणा मैं राजस्थान के बारा जिले के एक छोटे से गाव रूण्डी का रहने वाला हूँ । मैंने इस किताब को एक लेखक या क्रिकेट फैन्स होने की अपेक्षा एक विद्यार्थी के तोर पर लिखा है। यह किताब भारतीय क्रिकेट टीम के पूर्व खिलाड़ी कप्तान एवं विकेटकीपर बल्लेबाज महेंद्र सिंह धोनी के जीवन पर लिखी गई एक सफलतम संघर्षपूर्ण कहानी या महागाथा है। जो की आज हम सब के लिए एक प्रेरणा का स्रोत है। हम सब के जीवन में एक रोल मॉडल होता है जिसे हम फॉलो करते हैं यानि पसंद करते हैं और हमारा भी सपना होता है की हम उन्हीं के जैसा अपने जीवन को सफल बनाये।

आज की तेजी से बदलती दौड़ भरी दुनिया में प्रत्येक इंसान सपने देखता है लेकिन उन सपनों को हम तभी पूरा कर सकते हैं जब हम जीवन में संघर्ष करेंगे क्योकि संघर्ष ही उन सपनों को हकीकत में बदल सकता है। महेंद्र सिंह धोनी का जीवन भी एक संघर्षपूर्ण जीवन है जो की आज हम सब के लिए एक प्रेरणा का स्रोत है जिससे की आज जीवन में हमे आगे बढ़ने की सीख मिलती है।

"सोच सही तो देश सही"

किताब का उद्देश्य

इस किताब का उद्देश्य आप सभी लोगों को भारतीय क्रिकेट टीम के पूर्व कप्तान एवं विकेटकीपर बल्लेबाज महेंद्र सिंह धोनी के जीवन के बारे में बताने के साथ-साथ उनके द्वारा किये गए संघर्ष के बारे में भी जानकारी देना है जो आज करोड़ों लोगों के लिए एक प्रेरणा का स्रोत है। महेंद्र सिंह धोनी ने अपने जीवन में एक सपना देखा था क्रिकेटर बनने का... वो अपने देश के लिए क्रिकेट खेलना चाहते थे। और किस तरह एम.एस.धोनी ने संघर्षपूर्ण तरीके से अपने क्रिकेटर बनने के सपने को साकार किया। और आज एम.एस.धोनी की क्रिकेट जगत के साथ-साथ पूरी दुनिया भर में एक अलग पहचान है और आज एम.एस.धोनी को एक महान खिलाड़ी तथा आदर्श व्यक्ति के तौर पर जाना जाता है।

यह किताब महेंद्र सिंह धोनी के संघर्ष, सफलता, कामयाबी, उपलब्धिया, सम्मान व रिकाॅर्ड्स पर लिखी गई एक सफलतम कहानी या महागाथा है। जो की आज हम सब के लिए प्रेरणादायक जीवन है। जिससे कि आज हमें जीवन में आगे बढ़ने की प्रेरणा मिलती है।

"संघर्षपूर्ण जीवन ही
एक सफल जीवन है"

तिरंगे के सम्मान में

आप सदा यूँ ही आसमान में लहराते रहो। क्योंकि आपको लहराता देख हमारे भारतीय होने की पहचान बनी रहती है। और जब-जब देखते है हम आपको लहराता... हर सच्चे हिंदुस्तानी के दिल से एक ही आवाज निकलती है...

लव मी इंडिया.....।

तिरंगे के सम्मान में

लेखक
आशाराम मीणा

xii

1

महेंद्र सिंह धोनी
(जीवन परिचय)

MSD

महेंद्र सिंह धोनी भारतीय क्रिकेट टीम के पूर्व सफलतम कप्तानों में से एक है और साथ ही एक आदर्श व्यक्ति के तौर पर जाने जाते है महेंद्र सिंह धोनी अथवा मानद लेफ्टिनेंट कर्नल मेहन्द्र सिंह धोनी का जन्म 7 जुलाई 1981 को रांची बिहार (जो वर्तमान में झारखण्ड में शामिल है) में हुआ। महेंद्र सिंह धोनी उपनाम- माही, कैप्टन कूल,थाला, एमएस डी और द फिनिशर है। महेंद्र सिंह धोनी के पिता का नाम पान सिंह धोनी है उनका पैतृक गाँव लावली उत्तराखंड के अल्मोड़ा जिले के लमगड़ा ब्लॉक में है। धोनी की माता का नाम श्री मती देवकी देवी है। धोनी के माता-पिता नौकरी के सिलसिले में उत्तराखंड से रांची आ गए। जहाँ माही के पिता पान सिंह धोनी मेकॉन कंपनी के जूनियर मैनेजमेंट वर्ग में काम करने लग गएँ। धोनी की माता एक गृहिणी है। माही की एक बड़ी बहन जयंती गुप्ता और माही का एक बड़ा भाई भी है नरेन्द्र सिंह धोनी । माही ने अपनी बचपन की दोस्त साक्षी सिंह रावत के साथ 4 जुलाई 2010 को देहरादून के एक फार्महाउस में शादी की। शादी के पांच साल बाद 6 फरवरी 2015 को धोनी व साक्षी के घर एक नन्ही-सी परी का जन्म हुआ। जिसका नाम जीवा रखा। जीवा सोशल मीडिया पर काफी लोकप्रिय है। धोनी ने डी.ए.वी जवाहर विद्या मंदिर, श्यामली, रांची (वर्तमान में जे. वी. एम श्यामली, रांची) से स्कूल की पढ़ाई की और अपनी 12वी कक्षा के बाद ग्रेजुएशन करने के लिए सेट. जेवियर कॉलेज में दाखिला लिया। लेकिन क्रिकेट के लिए माही को अपनी पढाई के साथ समझौता करना पड़ा और धोनी ने अपनी पढ़ाई को बीच में ही छोड़ दिया। धोनी बचपन से ही क्रिकेट के भगवान सचिन तेंदुलकर की बैटिंग देखना पसंद करते है और सचिन तेंदुलकर व एडम गिलक्रिस्ट को अपना आदर्श मानते हैं। माही बचपन से क्रिकेट के बजाये बैडमिंटन और फुटबॉल खेलना पसंद करते है और माही अपनी स्कूल फुटबॉल टीम के अच्छे गोलकीपर भी रहे और स्कूल प्रतियोगिता में धोनी ने इन दोनों खेलों में स्कूल का प्रतिनिधित्व किया जहां उनके बैडमिंटन व फुटबॉल में अच्छे प्रदर्शन के कारण धोनी को जिला व क्लब लेवल में चुना गया

और माही को लोकल क्रिकेट क्लब में खेलने के लिए उनके फुटबॉल कोच केशव राजन बनर्जी ने भेजा। हालाकिं माही ने इससे पहले कभी क्रिकेट नहीं खेला था लेकिन धोनी ने अपने विकेट-कीपिंग के कौसल से सबको प्रभावित किया। और कमाण्डो क्रिकेट क्लब में वर्ष 1995-1998 में नियमित विकेट -कीपर बने रहे। क्रिकेट क्लब में अच्छे प्रदर्शन के कारण वर्ष 1997-1998 सीजन के वीनू मांकड ट्रॉफी अंडर-16 चैम्पियशिप में चुने गए जहां धोनी ने बेहतरीन प्रदर्शन किया। इसके बाद माही ने क्रिकेट की ओर विशेष ध्यान दिया।

माही ने 2001-2003 के दौरान पश्चिम बंगाल में दक्षिण-पूर्वी रेलवे के तहत खड़गपुर रेलवे स्टेशन पर एक टी.टी.ई (यात्रा टिकट परीक्षक) की नौकरी भी की है लेकिन माही ने क्रिकेट की वजह से टी.टी.ई की नौकरी छोड़ दी और फिर से क्रिकेट खेलना शुरू किया और अपने बेहतरीन प्रदर्शन से क्रिकेट जगत में अपनी एक अलग पहचान बनाई हैं यह माही की कड़ी मेहनत व संघर्ष का ही परिणाम हैं की वो आज विश्व के सफलतम कप्तान व बेस्ट खिलाड़ी के रूप में जाने जाते हैं।

2

महेंद्र सिंह धोनी के जीवन में संघर्ष का दौर

एम एस धोनी का शुरुआती घरेलू क्रिकेट करियर माही ने सन 1998 में स्कूल और क्लब स्तर पर क्रिकेट खेलते रहे तभी उन्हें केंद्रीय कोयला फील्ड लिमिटेड टीम में खेलने के लिए चुना गया। इस दौरान उन्होंने बिहार क्रिकेट एसोसिएशन के पूर्व राष्ट्रपति देवल सहाय को अपनी मेहनत, संघर्ष व अपने बेहतर प्रदर्शन से बेहद प्रभावित किया। जिसके बाद माही को प्रथम श्रेणी क्रिकेट में खेलने का मौका दिया। 1998-1999 सीजन के दौरान वह पूर्वी जोन U-19 टीम या बाकि भारतीय टीम बनाने में असफल रहे। लेकिन अगले सीजन में उन्हें सीके नायडू ट्रॉफी के लिए पूर्वी जोन U-19 टीम के लिए चुना गया। दुर्भाग्य से धोनी की टीम अच्छा प्रदर्शन नहीं कर पाई और नतीजन उनकी टीम निचले स्तर पर आ गई।

3
रणजी ट्रॉफी की शुरुआत

एम एस धोनी को वर्ष 1999-2000 सीजन के दौरान रणजी ट्रॉफी में खेलने का अवसर मिला। यह रणजी मैच बिहार की तरफ से असम क्रिकेट टीम के खिलाफ खेला गया। इस मैच की दूसरी पारी में धोनी नाबाद 68 रन बनाए।

माही ने अगली सीजन में बंगाल के खिलाफ मैच खेला । जिसमें धोनी ने शतक लगाया लेकिन फिर भी माही की टीम ये मैच हार गई। धोनी ने इस ट्रॉफी के कुल 5 मैचों में 283 रन बनाए ।

धोनी के बेहतरीन प्रदर्शन के बाबजूद भी इनका चयन ईस्ट जोन सलेक्टर की तरफ से नहीं किया गया। जिसकी वजह से माही ने खेल से दूरी बना ली और रेलवे में नौकरी करने का फैसला किया। लेकिन माही ने फिर से क्रिकेट खेलने का निश्चय किया और रेलवे में टी टी ई की नौकरी को छोड़ दिया।

4

दुलीप ट्रॉफी में चयन के बाद भी नहीं खेल सके मैच

सन 2001 में माही का पूर्वी क्षेत्र के लिए दुलीप ट्रॉफी खेलने के लिए चयन हुआ। लेकिन इस बात की जानकारी बिहार क्रिकेट एसोसिएशन धोनी को समय पर नहीं दे सका क्योंकि धोनी उस समय पश्चिम बंगाल के मिदनापुर में थे। धोनी को इस बात की जानकारी तब हुई जब उनकी टीम पहले ही अगरतला पहुँच गई क्योंकि यह मैच अगरतला में ही खेला गया था। हालाकिं माही के एक दोस्त ने कोलकत्ता एयरपोर्ट से फ्लाइट पकड़ने के लिए एक कार का इंतजाम करवाया लेकिन आधे रास्ते में ही कार ख़राब हो गई और माही की जगह दीपदास गुप्ता ने इस मैच में विकेटकीपर बनकर यह मैच खेला।

5

देवधर ट्राफी टूर्नामेंट में प्रदर्शन

वर्ष 2002-2003 सत्र के दौरान माही ने रणजी ट्राफी व देवधर ट्रॉफी में अच्छा प्रदर्शन जारी रखा। जिससे उन्हें क्रिकेट के क्षेत्र में पहचान मिली और वर्ष 2003 में जमशेदपुर में प्रतिभा संसाधन विकास विंग के हुए मैच में खेलते हुए धोनी को बंगाल के पूर्व कप्तान प्रकाश पोद्दार ने देखा और माही के खेल की जानकारी राष्ट्रीय क्रिकेट अकादमी को दी और इस तरह माही का चयन बिहार अंडर-19 में हो गया।

पूर्वी जोन टीम की तरफ से माही ने 2003-2004 सीजन में देवधर ट्राफी के टूर्नामेंट में भी हिस्सा लिया और माही ने यह मैच जीता और देवधर ट्रॉफी अपने नाम की।

इस मैच में धोनी ने एक और शतक लगाया इस सीजन माही ने कुल 4 मैचों में 244 रन बनाए।

2003-2004 सीजन के दौरान माही को ज़िम्बाम्बे व केन्या के दौरे के लिए इंडिया ए-टीम में चुना गया। इंडिया ए-टीम की तरफ से माही ने अपना पहला मैच ज़िम्बाम्बे इलेवन के खिलाफ खेला। माही ने

विकेटकीपर के तौर पर 7 कैच और 4 स्टम्पिंग किए और अपनी विकेट-कीपिंग से सबको प्रभावित किया।

माही ने अपनी टीम को पाकिस्तान ए टीम को बैक टु बैक हराने में भी मदद की। जिसमे माही ने अर्धशतक लगाया। इस तरह महेंद्र सिंह धोनी ने तीन देशों के साथ खेले गए मैचों में अपना बेहतरीन प्रदर्शन किया। उनकी प्रतिभा को भारतीय ए टीम के कोच संदीप पाटिल व भारतीय क्रिकेट टीम के कप्तान सौरभ गांगुली ने भी नोटिस किया।

6

एम.एस.डी
(अंतरराष्ट्रीय क्रिकेट में शुरुआत)

माही की अंतरराष्ट्रीय क्रिकेट में शुरुआत बेहद ही दुर्भागयपूर्ण तरीके से हुई। धोनी ने अपना पहले वनडे मैच बांग्लादेश के विरुद्ध 23 दिसम्बर 2004 को चटगांव में खेला। माही 1 रन की मांग करते हुए दौड़े लेकिन क्रीज़ पर दूसरी साइड खड़े मोहम्मद कैफ ने मना कर दिया और माही शुन्य रन पर ही रन आउट हो गए लेकिन भारत ने यह मैच 11 रन से जीत लिया।

माही का दूसरा वनडे मैच – माही का दूसरा वनडे मैच भी कुछ खास नहीं रहा। माही ने दूसरा मैच बांग्लादेश के विरुद्ध 26 दिसम्बर 2004 को ढाका में खेला इस मैच में माही ने 12 रन बनाए।

माही का तीसरा वनडे मैच - माही ने अपना तीसरा वनडे मैच भी बांग्लादेश के विरुद्ध 27 दिसम्बर 2004 को ढाका में खेला। इस मैच में माही ने नाबाद 7 रन बनाए।

माही का चौथा वनडे मैच – माही ने अपना चौथा वनडे मैच पाकिस्तान के विरुद्ध 2 अप्रैल 2005 को कोच्चि में खेला माही ने इस मैच में भी मात्र 3 रन बनाये और माही ने अपने पहले 4 मैचों में में मात्र 22 रन बनाए।

माही का पांचवा वनडे मैच - माही ने अपने 5 वा एकदिवसीय मैच पाकिस्तान के विरुद्ध 5 अप्रैल 2005 को विशाखापटनम में खेला। वनडे सीरीज के दूसरे मैच में कप्तान सौरभ गांगुली ने माही को प्रमोट करते हुए तीसरे नंबर पर बल्लेबाजी करने भेजा। इस पाटा विकेट पर धोनी ने 123 गेदो पर 15 चौके व 4 छक्के की मदद से 148 रनो की शानदार पारी खेली और मैन ऑफ़ द मैच रहे भारत ने यह मैच 58 रनों से जीता माही के लिए यह मैच टर्निंग पॉइंट साबित हुआ और उनकी सफलता का दौर शुरू हो गया।

धोनी पहली बार सितम्बर 2007 में टी-20 के कप्तान बने। वर्ष 2007 में ही धोनी को वनडे का कप्तान बनाया गया। उसके अगले साल वर्ष 2008 में धोनी को टेस्ट टीम की कप्तानी मिली।

7

महेंद्र सिंह धोनी
(क्रिकेट में सफलता)

महेंद्र सिंह धोनी को आज भारतीय क्रिकेट टीम के पूर्व सफल कप्तान व सर्वश्रेष्ठ क्रिकेट- कीपर बैट्समैन के रूप में जाना जाता हैं। धोनी के लिए यह सफर इतना आसान नहीं रहा लेकिन धोनी की क्रिकेट के प्रति सच्ची भावना और काफी संघर्ष के बाद धोनी ने यह सफलता हासिल की हैं। धोनी की गिनती भारत के सर्वश्रेष्ठ कप्तानों में की जाती हैं। जिन्होंने सीमित ओवरों में भरतीय टीम का नेतृत्व किया। और साल दर साल सफलता हासिल की।

धोनी (टी-20 करियर)

Match – 98
Innings – 85
Runs - 1617
Batting Average – 37.6
Strike Rate – 126.13
Highest Score – 56
100's – 0
50's – 2
4's – 116
6's – 52
Not Out – 42

धोनी (पहला टी-20 डेब्यू मैच)
"0" रन, विरुध दक्षिण अफ्रीका
1 दिसंबर 2006, जोहान्सबर्ग।

धोनी(टी-20 सर्वश्रेष्ठ स्कोर)
"56" रन, विरुद्ध इंग्लैंड
1 फरवरी 2017, बैंगलोर।

धोनी(आखिरी टी-20 मैच)
"40" रन, विरुद्ध ऑस्ट्रेलिया

27 फरवरी 2019, बैंगलोर।

धोनी(दूसरा टी-20 अर्धशतक)
"52" रन नाबाद विरुध दक्षिण अफ्रीका
21 फरवरी 2018, सेंचुरियन।

एम एस धोनी (ODI कैरियर)

Match – 350
Innings – 297
Runs – 10,773
Batting Average – 50.57
Strike Rate – 87.56
Highest Score – 183*
100's – 10
50's – 73
4's – 826
6's – 229
Wricket - 1
Not Out – 84

धोनी (पहला वनडे डेब्यू मैच)
'0' रन (रन आउट) विरुध बांग्लादेश
23 दिसंबर 2004, चटगांव ।

धोनी(वनडे सर्वश्रेष्ठ स्कोर)
'183' रन नाबाद बनाम श्रीलंका
31 अक्टूबर 2005, जयपुर।

धोनी(आखिरी वनडे मैच)
'50' रन (रन आउट) विरुद्ध न्यूज़ीलैंड

9 जुलाई 2019, मेनचेस्टर
(2019 विश्व कप सेमीफाइनल मैच) ।

धोनी की वनडे संन्यास की घोषणा - 15 अगस्त 2020 को 7:29 बजे इंस्ट्राग्राम पोस्ट पर रिटायर होने की घोषणा की।

एमएस धोनी 10-वनडे सेंचुरी

1. '148' रन विरुध पाकिस्तान (123 गेंद), 15 चौके व 4 छक्के, 5 अप्रैल 2005, विशाखापट्नम ।

2. '183*' रन विरुध श्रीलंका (145 गेंद), 15 चौके व 10 छक्के, 31 अक्टूबर 2005, जयपुर ।

3. '139*' रन विरुध अफ्रीका इलेवन (97 गेंद), 15 चौके व 5 छक्के, 10 जून 2007, चेन्नई ।

4. '109*' रन विरुध हॉंग कॉंग (96 गेंद), 6 चौके व 6 छक्के, 25 जून 2008, करांची ।

5. '124' रन विरुध ऑस्ट्रेलिया (107 गेंद), 9 चौके व 3 छक्के, 28 अक्टूबर 2009, नागपुर ।

6. '107' रन विरुध श्रीलंका (111 गेंद), 8 चौके व 2 छक्के, 18 दिसंबर 2009, नागपुर ।

7. '101*' रन विरुध बांग्लादेश (107 गेंद), 9 चौके व 0 छक्के, 7 जनवरी 2010, ढाका ।

8. '113*' रन विरुध पाकिस्तान (125 गेंद), 7 चौके व 3 छक्के, 30

दिसंबर 2012, चेन्नई ।

9. '139*' रन विरुध ऑस्ट्रेलिया (121 गेंद), 12 चौके व 5 छक्के, 19 अक्टूबर 2013, मोहाली ।

10. '134' रन विरुध इंग्लैंड (122 गेंद), 10 चौके व 6 छक्के, 19 जनवरी 2017, कटक ।

8

एमएस धोनी
73-वनडे हाफसेंचुरी

1. 56 रन जिम्बाम्बे हरारे 29 अगस्त 2005

2. 67* रन जिम्बाम्बे हरारे 4 सितम्बर 2005

3. 80 रन श्रीलंका वडोदरा 12 नवंबर 2005

4. 68 रन पाकिस्तान पेशावर 6 फरवरी 2006

5. 72* रन पाकिस्तान लाहोर 13 फरवरी 2006

6. 77 * रन पाकिस्तान कराची 19 फरवरी 2006

7. 96 रन इंग्लैंड जमशेदपुर 12 अप्रैल 2006

8. 59 रन पाकिस्तान अबू धाबी 19 अप्रैल 2006

9. 51 रन वेस्ट इंडीज अहमदाबाद 26 अक्टूबर 2006

10. 55 रन दक्षि. अफ्रीका कैप टाउन 26 नवंबर 2006

11. 62* रन वेस्ट इंडीज नागपुर 21 जनवरी 2007

12. 67 * रन श्रीलंका मडगाँव 14 फरवरी 2007

13. 91* रन बांग्लादेश मीरपुर 10 मई 2007

14. 50 रन इंग्लैंड लॉर्ड्स 8 सितम्बर 2007

15. 58 रन ऑस्ट्रेलिया कोच्चि 2 अक्टूबर 2007

16. 50* रन ऑस्ट्रेलिया चंडीगढ़ 8 अक्टूबर 2007

17. 63 रन पाकिस्तान गुवाहाटी 5 नवंबर 2007

18. 88* रन श्रीलंका ब्रिस्बेन 5 फरवरी 2008

19. 50* रन श्रीलंका एडिलेड ओवल 19 फरवरी 2008

20. 64 रन पाकिस्तान मीरपुर 14 जून 2008

21. 76 रन पाकिस्तान कराची 2 जुलाई 2008

22. 67 रन श्रीलंका करांची 3 जुलाई 2008

23. 76 रन श्रीलंका कोलंबो 24 अगस्त 2008

24. 71 रन श्रीलंका कोलंबो 27 अगस्त 2008

25. 50 रन इंग्लैंड कटक 26 नवंबर 2008

26. 61* रन श्रीलंका दांबुला 28 जनवरी 2009

27. 94 रन श्रीलंका कोलंबो 5 फरवरी 2009

28. 53 रन श्रीलंका कोलंबो 8 फरवरी 2009

29. 84* रन न्यूज़ीलैंड नेपियर 3 मार्च 2009

30. 68 रन न्यूज़ीलैंड क्राइस्ट चर्च 8 मार्च 2009

31. 95 रन वेस्ट इंडीज किंग्स्टन 28 जून 2009

32. 56 रन श्रीलंका कोलंबो 14 सितंबर 2009

33. 71* रन ऑस्ट्रेलिया दिल्ली 31 अक्टूबर 2009

34. 72 रन श्रीलंका राजकोट 15 दिसंबर 2009

35. 68* रन दक्षि.अफ्रीका ग्वालियर 24 फरवरी 2010

36. 56 रन पाकिस्तान दाबुला 19 जून 2010

37. 67 रन श्रीलंका दाबुला 28 अगस्त 2010

38. 91* रन श्रीलंका मुंबई 2 अप्रैल 2011

39. 69 रन इंग्लैंड द ओवल 9 सितंबर 2011

40. 78* रन इंग्लैंड लॉर्ड्स 11 सितंबर 2011

41. 50* रन इंग्लैंड कार्डिफ 16 सितंबर 2011

42. 87* रन इंग्लैंड हैदराबाद 14 अक्टूबर 2011

43. 75* रन इंग्लैंड कोलकता 25 अक्टूबर 2011

44. 58* रन श्रीलंका एडिलेड 14 फरवरी 2012

45. 56 रन ऑस्ट्रेलिया ब्रिस्बेन 19 फरवरी 2012

46. 58 रन श्रीलंका पल्लेकेले 4 अगस्त 2012

47. 54* रन पाकिस्तान कोलकता 3 जनवरी 2013

48. 72 रन इंग्लैंड कोच्चि 15 जनवरी 2013

49. 62 रन ऑस्ट्रेलिया बैंगलूरु 2 नवंबर 2013

50. 51* रन वेस्ट इंडीज विशाखापट्नम 24 नवंबर 2013

51. 65 रन दक्षि. अफ्रीका जोहान्सबर्ग 5 दिसंबर 2013

52. 56 रन न्यूज़ीलैंड हैमिल्टन 22 जनवरी 2014

53. 50 रन न्यूज़ीलैंड ओकलैंड 25 जनवरी 2014

54. 79* रन न्यूज़ीलैंड हैमिल्टन 28 जनवरी 2014

55. 52 रन इंग्लैंड कार्डीफ 27 अगस्त 2014

56. 51* रन वेस्ट इंडीज दिल्ली 11 अक्टूबर 2014

57. 85* रन जिम्बाम्बे ओकलैंड 14 मार्च 2015

58. 65 रन ऑस्ट्रेलिया सिडनी 26 मार्च 2015

59. 69 रन बांग्लादेश ढाका 24 जून 2015

60. 92* रन दक्षि. अफ्रीका इंदौर 14 अक्टूबर 2015

61. 80 रन न्यूजीलैंड मोहाली 23 अक्टूबर 2016

62. 63 रन श्रीलंका द ओवल 8 जून 2017

63. 78* रन वेस्ट इंडीज नार्थ साउंड 30 जून 2017

64. 54 रन वेस्ट इंडीज नार्थ साउंड 2 जुलाई 2017

65. 67* रन श्रीलंका पल्लेकेले 27 अगस्त 2017

66. 79 रन ऑस्ट्रेलिया चेन्नई 17 सितंबर 2017

67. 65 रन श्रीलंका धर्मशाला 10 दिसंबर 2017

68. 51 रन ऑस्ट्रेलिया सिडनी 12 जनवरी 2019

69. 55* रन ऑस्ट्रेलिया एडिलेड 15 जनवरी 2019

70. 87* रन ऑस्ट्रेलिया मेलबर्न 18 जनवरी 2019

71. 59* रन ऑस्ट्रेलिया हैदराबाद 2 मार्च 2019

72. 56* रन वेस्ट इंडीज मैनचेस्टर 27 जून 2019

73. 50 रन न्यूज़ीलैंड मैनचेस्टर 9 जुलाई 2019

9

एमएस धोनी (टेस्ट कैरियर)

Match – 90
Innings – 144
Runs - 4876
Batting Average – 38.09
Strike Rate – 59.11
Highest Score – 224
100's – 6
50's – 33
4's – 544
6's – 78
Catch – 256
Stumps - 38
Not Out – 16

एमएस धोनी का पहला टेस्ट डेब्यू मैच
30 रन विरुध श्रीलंका
(54 गेंद) 2 दिसंबर 2005 चेन्नई ।

एमएस धोनी का टेस्ट उच्च स्कोर
224 रन विरुध ऑस्ट्रेलिया
(265 गेंद) 22 फरवरी 2013, चेन्नई ।

माही का संन्यास टेस्ट मैच
11 रन पहली पारी
24* रन दूसरी पारी विरुद्ध ऑस्ट्रेलिया
26 दिसम्बर 2014, मेलबर्न ।

एमएस धोनी 6-टेस्ट सेंचुरी

1. 148 रन विरुद्ध पाकिस्तान (153 बॉल) 19 चौके व 4 छक्के, 21 जनवरी 2006, फैसलाबाद ।

2. 110 रन विरुद्ध श्रीलंका (159 गेंद), 10 चौके व 1 छक्का, 16 नवंबर 2009, अहमदाबाद ।

3. 100* रन विरुद्ध श्रीलंका (154 गेंद), 3 चौके व 6 छक्के, 2 दिसंबर 2009, मुंबई ।

4. 132* रन विरुद्ध दक्षिण अफ्रीका (187 बॉल) 12 चौके व 3 छक्के, 14 फरवरी 2010, कोलकाता ।

5. 144 रन विरुद्ध वेस्टइंडीज (175 बॉल) 10 चौके व 5 छक्के, 14 नवंबर 2011, कोलकाता ।

6. दोहरा शतक 224 रन विरुद्ध ऑस्ट्रेलिया (265 बॉल) 24 चौके व 6 छक्के, 22 फरवरी 2013, चेन्नई ।

एमएस धोनी 33- टेस्ट हाफसेंचुरी

1. 51* रन श्रीलंका दिल्ली 10 दिसंबर 2005

2. 64 रन इंग्लैंड मुंबई 18 मार्च 2006

3. 69 रन वेस्टइंडीज सेंट जॉन 2 जून 2006

4. 51* रन बांग्लादेश ढाका 25 मई 2007

5. 76* रन इंग्लैंड लॉर्ड्स 19 जुलाई 2007

6. 92 रन इंग्लैंड द ओवल 9 अगस्त 2007

7. 57 रन पाकिस्तान दिल्ली 22 नवंबर 2007

8. 50* रन पाकिस्तान कोलकता 30 नवंबर 2007

9. 52 रन दक्षि.अफ्रीका अहमदाबाद 3 अप्रैल 2008

10. 92 रन ऑस्ट्रेलिया मोहाली 17 अक्टूबर 2008

11. 68* रन ऑस्ट्रेलिया मोहाली 17 अक्टूबर 2008

12. 56 रन ऑस्ट्रेलिया नागपुर 6 नवंबर 2008

13. 55 रन ऑस्ट्रेलिया नागपुर 6 नवंबर 2008

14. 53 रन इंग्लैंड चेन्नई 11 दिसंबर 2008

15. 52 रन न्यूजीलैंड वेलिंग्टन 3 अप्रैल 2009

16. 56* रन न्यूज़ीलैंड वेलिंग्टन 3 अप्रैल 2009

17. 89 रन बांग्लादेश ढाका 24 जनवरी 2010

18. 76 रन श्रीलंका कोलंबो 26 जुलाई 2010

19. 98 रन न्यूजीलैंड नागपुर 20 नवंबर 2010

20. 90 रन दक्षि.अफ्रीका सेंचुरियन 16 दिसंबर 2010

21. 74 रन वेस्ट इंडीज रोसेउ 6 जुलाई 2011

22. 77 रन इंग्लैंड बर्मिंघम 10 अगस्त 2011

23. 74* रन इंग्लैंड बर्मिंघम 10 अगस्त 2011

24. 57* रन ऑस्ट्रेलिया सिडनी 3 जनवरी 2012

25. 73 रन न्यूजीलैंड हैदराबाद 23 अगस्त 2012

26. 62 रन न्यूज़ीलैंड बैंगलूरु 31 अगस्त 2012

27. 52 रन इंग्लैंड कोलकता 5 दिसंबर 2012

28. 99 रन इंग्लैंड नागपुर 13 दिसंबर 2012

29. 68 रन न्यूजीलैंड वेलिंग्टन 14 फरवरी 2014

30. 82 रन इंग्लैंड नाटिंघम 9 जुलाई 2014

31. 50 रन इंग्लैंड साउथैम्पटन 27 जुलाई 2014

32. 71 रन इंग्लैंड मेनचेस्टर 7 अगस्त 2014

33. 82 रन इंग्लैंड द ओवल 15 अगस्त 2014

10
माही की कामयाबी

माही को आज भारतीय क्रिकेट टीम के पूर्व कामयाब कप्तान व कामयाब विकेट-कीपर बल्लेबाज के तौर पर जाना जाता है । माही ने अपनी कप्तानी की प्रतिभा से सबको प्रभावित किया है । माही की कामयाबी का परिणाम इस बात से लगाया जा सकता है कि माही ने तीनो वर्ल्ड चैंपियन ट्रॉफी जीती है जो कि एक कप्तान के तौर पर विश्व-रिकॉर्ड है और इसी लिए माही को ट्रॉफी मास्टर भी कहा जाता है जो कि

माही का क्रिकेट के प्रति सच्ची मेहनत व कठिन संघर्ष का परिणाम है ।

माही की महागाथा

माही का क्रिकेट के प्रति सच्ची मेहनत व कठिन संघर्ष का परिणाम है ।

11

आईसीसी टी-20 विश्व कप 2007

क्रिकेट इतिहास में पहली बार आईसीसी टी-20 विश्व कप का आयोजन 11 सितम्बर 2007 को साउथ अफ्रीका में किया गया । इस प्रतियोगिता में कुल 12 टीमों ने भाग लिया जिन्हे चार ग्रुप में बांटा गया ।

भारतीय टीम के यादगार लम्हे

भारत-पाकिस्तान बॉल आउट मैच ।
युवराज सिंह के एक ओवर में 6 छक्कों का विश्व रिकाइर्स ।
भारत-पाकिस्तान रोमांचक फाइनल मुकाबले में जोगिन्दर शर्मा ने अंतिम ओवर में भारत को विश्व-विजयी बनाया और उस जीत के स्टार रहे ।

चैम्पियन –
भारत ने पाकिस्तान को 5 रनों से हराया ।
एम एस धोनी की कप्तानी में भारत ने प्रथम आईसीसी टी-20 विश्व कप जीता ।
समापन- आईसीसी टी-20 विश्व कप का समापन सोमवार 24 सितम्बर

2007 को भारत के विश्व विजय की जीत के साथ हुआ ।

युवा भारत की जीत का सफर

भारत बनाम स्कॉटलैंड
गुरुवार, 13 सितम्बर 2007
किंग्समीड, डरबन ।
यह मैच बे-नतीजन रहा और दोनों टीमों को 1-1 पॉइंट्स शेयर करना पड़ा ।

भारत का 2nd मैच
भारत बनाम पाकिस्तान
बॉल-आउट मैच
शुक्रवार 14 सितम्बर 2007
किंग्समीड, डरबन ।

क्रिकेट इतहास में बेहद ही रोमांचक मैच जो आज भी करोड़ो भारतीय क्रिकेट फैंस के जहन में है यह मैच शुक्रवार 14 सितम्बर 2007 को खेला गया ।

पाकिस्तान ने टॉस जीतकर भारत को पहले बैटिंग करने का निमंत्रण दिया । भारतीय टीम की शुरुआत बेहद ही ख़राब हुई गौतम गंभीर शुन्य पर और वीरेंद्र सहवाग 5 रन बनाकर आउट हो गए । उसके बाद युवराज सिंह 1 रन व दिनेश कार्तिक 11 रन बनाकर आउट हो गए । लेकिन उसके बाद रॉबिन उथप्पा व महेंद्र सिंह धोनी ने धैर्य से पारी को संभाला रॉबिन उथप्पा ने 50 रनो की अर्धशतकीय पारी खेली और धोनी ने 33 रनो की क़ीमती पारी खेली और फिर आखरी में इरफ़ान पठान की 20 रन व अजीत अगरकर की 14 रनो की मदद से भारत ने निर्धारित 20 ओवर में 9 विकेट गवाकर 141 रन बनाए । रनों का पीछा करने उतरी पाकिस्तान टीम ने 87 रनो पर अपने 5 विकेट गवा दिए ।

लेकिन मिस्बाह-उल-हक़ ने पारी को संभाला लेकिन मिस्बाह भी आखरी में 53 रन बनाकर आउट हो गए और इस तरह दोनों टीमों का स्कोर बराबर हो गया । फिर मैच का फैसला बॉल आउट से हुआ दोनों टीम बिना बल्लेवाजी किये स्टंप पर 5 बॉल फेंकेगी और इन 5 बॉल स्टंप पर हिट करने वाली टीम विजेता होगी । भारतीय टीम की ओर से हरभजन सिंह, रोबिन उथप्पा और वीरेंद्र सहवाग ने स्टंप को हिट किया । जबकि पाकिस्तान की ओर से शाहिद अफरीदी, उमर गुल व यासिर अराफात तीनो में से कोई भी स्टंप को हिट नहीं कर पाया और भारत ने 3-0 से यह बॉल-आउट मैच अपने नाम किया । और यह मैच आज भी स्वर्ण अक्षरों में इतिहास के पन्नों में दर्ज है ।

भारत का 3rd मैच

भारत बनाम न्यूजीलैंड

रविवार 16 सितंबर 2007

द वांडरर्स स्टेडियम, जोहान्सबर्ग।

भारत ने टॉस जीतकर पहले गेंदबाजी करने का निर्णय लिया । न्यूज़ीलैण्ड की ओर से ब्रेंडन मैक्कुलम ने 45 रन और क्रैज मैकलियन ने 44 रन व जैकोब ओरम ने 35 रनो की शानदार पारी खेली और न्यूज़ीलैण्ड 20 ओवर में 190 रन बनाकर आल-आउट हो गयी । 191 रनों का लक्ष्य का पीछा करते हुए भारत की ओर से गौतम गंभीर ने 51 रन व वीरेंद्र सहवाग ने 40 रनो की ताबड़तोड़ पारी खेली । और धोनी ने 24 रनों की पारी खेली । इस तरह भारत निर्धारित 20 ओवर में 9 विकेट गवाकर 180 रन ही बना पाई । और न्यूज़ीलैण्ड ने यह मैच 10 रनों से जीत लिया ।

भारत का 4th मैच

भारत बनाम इंग्लैंड

बुधवार 19 सितम्बर 2007

किंग्समीड, डरबन ।

भारतीय क्रिकेट इतिहास में 19 सितम्बर 2007 बुधवार का वो दिन एक यादगार दिन माना जाता है । ख़ास तोर पर युवराज सिंह के लिए वो दिन बेहद ही यादगार है जिसने उस दिन एक नया विश्व रिकॉर्ड बनाया । और उस दिन को ऐतिहासिक दिन बना दिया । भारत ने टॉस जीतकर पहले बल्लेबाज़ी करने का निर्णय लिया । गंभीर व सहवाग ने भारत की ओर से तेज शुरुआत की सहवाग ने 68 रन व गंभीर ने 58 रनो की धुआंधार पारी खेली और पहले विकेट के लिए 14.4 ओवर में 136 रन जोड़े । फिर उसके बाद पारी के 19वे ओवर में युवराज सिंह ने स्टुअर्ड ब्रॉड की 6 गेंदों पर 6 छक्के लगाकर एक नया कीर्तिमान रच दिया । जो क्रिकेट जगत में इससे पहले कभी नही हुआ । युवराज सिंह ने मात्र 12 गेंदो पर 50 रन पूरे किए और एक नया विश्व रिकॉर्ड बनाया । युवराज सिंह ने इस मैच में 16 गेंदों पर 3 चौके व 7 छक्के की मदद से 58 रनो की ताबड़तोड़ पारी खेली और इस तरह भारत ने निर्धारित 20 ओवर में 4 विकेट के नुकसान पर 218 रन बनाये । और इंग्लैंड की टीम निर्धारित 20 ओवर में 6 विकेट गवाकर मात्र 200 रन ही बना पाई । भारत ने यह मैच 18 रनो से अपने नाम किया युवराज सिंह को उनकी शानदार पारी के लिए मेन ऑफ़ द मैच से नवाजा गया ।

भारत का 5th मैच

भारत बनाम साउथ अफ्रीका

गुरुवार 20 सितम्बर 2007

किंग्समीड, डरबन ।

भारत ने टॉस जीतकर पहले बल्लेबाज़ी करने का निर्णय लिया । भारत की ओर से रोहित शर्मा ने शानदार नाबाद 50 रनों की पारी खेली और धोनी ने भी 45 रनो की बेमिसाल पारी खेली और इस तरह भारतीय टीम ने निर्धारित 20 ओवर में दक्षिण अफ्रीका को 154 रनों का लक्ष्य दिया । दक्षिण अफ्रीका की ओर से मार्क बाउचर ने 36 रन बनाये और एलबी मॉर्कल ने भी 36 रन बनाये और इस तरह दक्षिण अफ्रीका टीम निर्धारित 20 ओवर में 9 विकेट गवाकर मात्र 116 रन ही बना सकी । आर पी सिंह

ने 4 ओवर में 13 रन देकर 4 विकेट लिए । भारत ने यह मैच 37 रनों से जीत लिया रोहित शर्मा को उनकी शानदार पारी के लिए मेन ऑफ़ द मैच से नवाजा गया । और भारत ने इसी के साथ सेमी-फाइनल में प्रवेश कर लिया ।

भारत बनाम ऑस्ट्रेलिया (सेमी-फाइनल)

शनिवार 22 सितम्बर 2007

किंग्समीड, डरबन ।

भारतीय कप्तान एम एस धोनी ने टॉस जीतकर पहले बल्लेबाज़ी करने का फैसला किया । इस सेमी-फाइनल मैच में भारत की शुरुआत कुछ खास नही हुई । सहवाग 9 रन व गम्भीर 24 रन बनाकर आउट हो गये । रॉबिन उथप्पा ने 34 रन व धोनी 36 रन बनाकर आउट हो गए । लेकिन इंग्लैंड के मैच में हीरो रहे सिक्सर किंग युवराज सिंह ने 30 गेंदों पर 5 चौके व 5 छक्के की मदद से 70 रनो की आक्रामक पारी खेली और भारतीय टीम को 188 रनो के स्कोर पर पंहुचा दिया । भारत ने 188 रनों की पारी में अपने 5 विकेट गवाए ।

189 रनों का पीछा करते हुए ऑस्ट्रेलिया टीम की ओर से मैथ्यू हैडन ने 47 गेंदों पर 62 रनो की तूफानी पारी खेली एंड्रयू साइमंड 43 रन व एडम गिलक्रिस्ट ने 22 रन बनाए । लेकिन टीम को जीत नहीं दिला सके । इस तरह ऑस्ट्रेलिया ने निर्धारित 20 ओवरों में अपने 7 विकेट गवाकर 173 रन ही बना सकी। और भारत इस सेमी-फाइनल मैच को 15 रनो से जीतकर फाइनल में प्रवेश कर गयी । युवराज सिंह को उनकी शानदार पारी के लिए मैन ऑफ़ द मैच नवाजा गया ।

भारत बनाम पाकिस्तान (फाइनल महामुकाबला)

सोमवार 24 सितम्बर 2007

द वांडरर्स स्टेडियम, जोहान्सबर्ग ।

भारतीय क्रिकेट इतिहास का एक यादगार दिन जिसने भारतीय क्रिकेट को हमेशा के लिए बदल दिया । इस महामुकाबले में भारत ने टॉस जीता और पहले बल्लेबाज़ी करने का फैसला किया । सलामी बल्लेबाज़ गौतम गंभीर ने 54 गेंदों पर 8 चौके व 2 छक्के की मदद से 75 रनो की एक यादगार पारी खेली । और रोहित शर्मा ने 16 गेंदों पर 2 चौके व 1 छक्के की मदद से 30 रनो की आक्रामक पारी खेली और भारतीय टीम निर्धारित 20 ओवरों में 5 विकेट खोकर 157 रन बनाए । 158 रनों का पीछा करते हुए पाकिस्तान की शुरुआत बेहद ही ख़राब हुई । बाएं हाथ के तेज गेंदबाज रूद्र प्रताप सिंह ने मोहम्मद हफीज व कमरान अकमल को आउट कर भारत को शुरुआती कामयाबी दिलाई । और पाकिस्तान को मुश्किल में डाल दिया । भारत की जीत निश्चित नजर आ रही थी लेकिन मिस्बाह-उल-हक़ कुछ अलग करने के इरादे से मैदान पर उतरे थे और पारी के 17वे ओवर में हरभजन की तीन गेंदो पर लगातार तीन छक्के लगाकर पाकिस्तानी खेमे में जीत की उम्मीद जगा दी । पारी का आखरी ओवर भारत के युवा कप्तान माही ने एक नए गेंदबाज जोगिंदर शर्मा के हाथों में गेंद थमा दी । पाकिस्तान को जीत के लिए 6 गेंदों पर 13 रनों की जरूरत थी जोगिन्दर शर्मा ने पहली गेंद वाइड फेकी दूसरी गेंद फुल टॉस पर मिस्बाह-उल-हक़ ने छक्का लगा दिया जीत पाकिस्तान से सिर्फ एक ही शॉट दूर थी लेकिन जोगिन्दर शर्मा की तीसरी गेंद पर मिस्बाह-उल-हक़ ने फाइन लेग की ओर पैडल शॉट खेला और जैसे ही श्रीसंत ने मिस्बाह-उल-हक़ का कैच पकड़ा तो वांडरर्स में युवा भारत झूम उठा । मिस्बाह-उल-हक़ ने अपनी इस पारी में 43 रन बनाये और पाकिस्तान टीम 19:3 ओवर में 152 रन बनाकर आल-आउट हो गई ।भारत ने यह फाइनल मैच 5 रन से जीत लिया । भारत की ओर से इरफ़ान पठान ने 4 ओवर में मात्र 16 रन देकर 3 विकेट लिए और आर पी सिंह ने 4 ओवर में 26 रन देकर 4 विकेट लिए । और भारत की जीत के स्टार रहे जोगिन्दर शर्मा ने भी 3.3 ओवर 20 रन देकर 2 विकेट लिए और भारत को विश्व विजयी बनाने में अहम योगदान दिया । इरफ़ान पठान इस ऐतिहासिक मैच में मैन ऑफ़ द मैच रहे । और इस जीत के साथ ही भारत ने सारा

जहाँ भी जीत लिया और स्वर्णिम अक्षरों में इतिहास के पन्नों में अपना नाम भी लिख दिया ।

12

आईसीसी क्रिकेट विश्व कप -2011

एमएस धोनी की कप्तानी में भारत दूसरी बार 28 साल बाद आईसीसी क्रिकेट वर्ल्ड कप-2011 जीतने में सफल हुआ । भारतीय टीम के विश्व विजेता बनने का गवाह मुंबई का वानखेड़े मैदान वहां बैठे लगभग 43000 दर्शक बने । 2011 वर्ल्ड कप जीतने के साथ ही क्रिकेट के भगवान सचिन तेंदुलकर का वर्ल्ड कप जीतने का सपना पूरा हुआ यह वर्ल्ड -कप सचिन तेंदुलकर को समर्पित है ।

और 2011 वर्ल्ड कप जीतने का श्रेय माही के साथ साथ उन समस्त खिलाड़ियों को जाता है जो 2011 वर्ल्ड कप भारतीय टीम में शामिल रहे ।

Gautam Gambhir

Virendra Sehwag

Sachin Tendulkar

Yuvraj singH

Virat Kohli

Suresh Raina

M S DhonI

2011 विश्व कप के वो महान सात बल्लेबाज जिन्होंने भारत को विश्व विजेता बनाने में अपनी महत्वपूर्ण भूमिका निभाई ।
"विश्व विजेता बनने का सफर"

भारत 1st मैच
भारत बनाम बांग्लादेश
शनिवार 19 फरवरी 2011 मीरपुर ।

बांग्लादेश ने टॉस जीता और पहले फील्डिंग करने का फैसला लिया । भारत के सलामी बल्लेबाज वीरेंद्र सहवाग ने पहले मैच में ही अपना आक्रामक अंदाज बताते हुए 140 गेंदों पर 14 चौके व 5 छक्कों की मदद से 175 रनो की तूफानी पारी खेली । और विराट कोहली ने भी 83 गेंदों पर 8 चौके व 2 छक्के की मदद से नाबाद 100 रनो की महत्वपूर्ण पारी खेली । इस तरह भारतीय टीम ने 50 ओवरों में 370 रन बनाए । 371 रनों का पीछा करते हुए बांग्लादेश की ओर से तमीम इक़बाल ने 86 गेंदों पर 70 रन व साकिब-अल-हसन ने 50 गेंदों पर 55 रन बनाकर बांग्लादेश का स्कोर 50 ओवर ने 9 विकेट गवाकर 283 रन ही बनाए । और भारत ने यह मैच 87 रनों से जीत लिया वीरेंद्र सहवाग को उनकी शानदार पारी के लिए मैन ऑफ़ द मैच से नवाजा गया ।

भारत 2nd मैच
भारत बनाम इंग्लैंड
रविवार 27 फरवरी 2011 बेंगलुरू ।

भारत के कप्तान एमएस धोनी ने टॉस जीतकर पहले बल्लेबाज़ी करने का फैसला लिया । भारत के सलामी बल्लेबाज सचिन तेंदुलकर ने दमदार प्रदर्शन करते हुए 115 गेंदों पर 10 चौके व 5 छक्के की मदद से 120 रनो की बहुमूल्य पारी खेली । और गौतम गंभीर ने 61 गेंदों पर 51 रन व युवराज सिंह ने 50 गेंदों पर 58 रनो की अहम् पारी खेली इस तरह भारतीय टीम 49.5 ओवर में अपने 10 विकेट गवाकर 338 रन बनाए

। 339 रन का पीछा करने उतरी इंग्लैंड ने तेज शुरुआत की इंग्लैंड के कप्तान एंड्रू स्ट्रॉस ने 145 गेंदों पर 18 चौके व 1 छक्के की मदद से 158 रनो की शानदार पारी खेली इयान बेल्ल ने भी 71 गेंदों पर 69 रनों की पारी खेली । अंतिम ओवर में इंग्लैंड को जीत के लिए 14 रन बनाने थे । धोनी ने अंतिम ओवर मुनाफ पटेल के हाथों डलवाया । और क्रीज़ पर अजमल शहज़ाद व ग्रेम स्वान थे मुनाफ पटेल ने अपनी पहली 2 गेंदों पर 3 रन दिए । लेकिन तीसरी गेंद पर अजमल शहज़ाद ने छक्का लगा दिया चौथी गेंद पर इंग्लैंड को बाई का 1 रन मिला । 5वी गेंद पर ग्रीम स्वान ने दौड़कर 2 रन पूरे किए अंतिम गेंद पर इंग्लैंड को जीत के लिए 2 रन बनाने थे लेकिन ग्रीम स्वान को 1 रन ही मिला । और यह मैच टाई हो गया दोनों टीमों ने 1-1 पॉइंट्स शेयर किया एंड्रू स्ट्रॉस इस मैच के मैन ऑफ़ द मैच रहे ।

भारत 3rd मैच

भारत बनाम आयरलैंड

रविवार 6 मार्च 2011 बेंगलुरु ।

भारतीय कप्तान धोनी ने टॉस जीतकर पहले गेंदबाजी करने का फैसला लिया । आयरलैंड की ओर से विलियम ने 75 रन व नील ओ ब्रायन ने 46 रन बनाये और आयरलैंड 47.5 ओवर में आल-आउट होकर 207 रन ही बना सकी । भारत की ओर से 208 रनों का पीछा करते हुए युवराज सिंह ने नाबाद 50 रन व सचिन तेंदुलकर ने 38 रनों की पारी खेली । भारत ने यह मैच 46 ओवर में 210 रन बनाकर 5 विकेट से अपने नाम किया । युवराज सिंह को उनके बेहतरीन प्रदर्शन के लिए मेन ऑफ़ द मैच चुना गया ।

भारत 4th मैच

भारत बनाम नीदरलैंड

बुधवार 9 मार्च 2011

अरुण जेठली स्टेडियम दिल्ली ।

नीदरलैंड ने टॉस जीतकर पहले बल्लेबाजी करते हुए 46.6 ओवर में महज 189 रनो पर ही आल-आउट हो गयी । नीदरलैंड की ओर से सबसे ज्यादा पीटर बोरेन ने 38 रन बनाए । 190 रनो क पीछा करते हुए भारतीय टीम की ओर से सहवाग ने 39 रन व युवराज सिंह ने नाबाद 51 रन बनाए भारत ने इस मैच को 36.3 ओवर में 5 विकेट से जीत लिया । युवराज सिंह को फिर एक बार बेहतरीन प्रदर्शन के लिए मेन ऑफ़ द मैच चुना गया ।

भारत 5th मैच

भारत बनम दक्षिण अफ्रीका

शनिवार 12 मार्च 2011 नागपुर ।

भारत ने इस मैच में टॉस जीतकर पहले बल्लेबाजी करते हुए 48.4 ओवर में 10 विकेट गवाकर 296 रन बनाए । भारत की ओर से सचिन तेंदुलकर ने 111 रन, सहवाग ने 73 रन व गंभीर ने 69 रन बनाए । जवाब में दक्षिण अफ्रीका की ओर से जैक कालिस ने 69 रन, हासिम अमला ने 61 रन व डिवीलर्स ने 52 रन बनाए बनाए और दक्षिण अफ्रीका ने यह मैच 49.4 ओवर में 3 विकेट से जीत लिया । डैल स्टेन ने इस मैच में 9.4 ओवर में 50 रन देकर 5 विकेट लिए । उनकी शानदार गेंदबाजी के लिए उन्हें मैन ऑफ़ द मैच से नवाजा गया ।

भारत 6th मैच

भारत बनाम वेस्ट इंडीज

रविवार 20 मार्च 2011

एम ए. चिदंबरम स्टेडियम चेन्नई ।

भारत ने टॉस जीतकर पहले बल्लेबाज़ी करने का फैसला किया । भारत की ओर से युवराज सिंह ने फिर एक बार दमदार प्रदर्शन किया युवराज सिंह ने 123 गेंदों पर 10 चौके व 2 छक्के की मदद से 113 रन बनाये ।

और विराट कोहली ने भी 76 गेंद पर 5 चौके की मदद से 59 रन बनाए । इस तरह भारतीय टीम ने 49.1 ओवर में 268 रन बनाकर आल-आउट हो गई । 269 रनों का पीछा करते हुए वेस्ट इंडीज की ओर से इवेन स्मिथ ने 81 रन बनाये और रामनरेश सरवन ने 39 रन बनाए । लेकिन टीम को जीत नहीं दिला सके और वेस्ट इंडीज की पूरी टीम 43 ओवर में 188 रन बनाकर आल-आउट हो गयी । भारत की ओर से जहीर खान ने 6 ओवर में 26 रन देकर 3 विकेट लिए और युवराज सिंह व र.अश्विन ने 2-2 विकेट लिए । युवराज सिंह को उनकी शानदार शतकीय पारी के लिए मेन ऑफ़ द मैच से सम्मानित किया गया । भारत ने इस मैच को 80 रनों से जीता ।

भारत 7th मैच (क्वार्टर फाइनल)

भारत बनाम ऑस्ट्रेलिया

गुरुवार 24 मार्च 2011

सरदार वल्लभ भाई पटेल स्टेडियम, अहमदाबाद ।

ऑस्ट्रेलिया के कप्तान रिकी पॉंटिंग ने टॉस जीतकर पहले बल्लेबाज़ी करने का फैसला किया । रिकी पॉंटिंग ने कप्तानी पारी खेलते हुए 118 गेंदों पर 7 चौके व 1 छक्के की मदद से 104 रन बनाये । और ब्रैड हैडन ने 62 गेंदों पर 6 चौके व 1 छक्के की मदद से 53 रन बनाये । और ऑस्ट्रेलिया टीम ने निर्धारित 50 ओवरों में 6 विकेट गवाकर 260 रन बनाए । भारत की ओर से र.अश्विन, जहीर खान व युवराज सिंह ने 2-2 विकेट लिए । 261 रनो के जवाब में भारत की ओर से सचिन तेंदुलकर ने 68 गेंदों पर 7 चौके की मदद से 53 रन, गौतम गंभीर ने 64 गेंदों पर 2 चौके की मदद से 50 रन और युवराज सिंह की 65 गेंदों पर 8 चौके की मदद से नाबाद 57 रनों की पारी की बदौलत भारत ने यह मैच 47.4 ओवर में 5 विकेट से जीत लिया । और इस जीत के साथ भारत सेमी-फाइनल में प्रवेश कर गया । युवराज सिंह को फिर एक बार मेन ऑफ़ द मैच से नवाजा गया ।

सेमी-फाइनल मैच
भारत बनाम पाकिस्तान
बुधवार 30 मार्च 2011
पंजाब क्रिकेट एसोसिएशन आई एस बिंद्रा स्टेडियम मोहाली ।

क्रिकेट जगत में 30 मार्च 2011 को बेहद ही हाई वोल्टेज मैच खेला गया । भारत ने टॉस जीतकर पहले बल्लेबाजी करते हुए निर्धारित 50 ओवर में 9 विकेट गवाकर 260 रन बनाए । भारत की ओर से सचिन तेंदुलकर ने 115 गेंदों पर 11 चौके की मदद से शानदार 85 रनों की पारी खेली । सहवाग ने 25 गेंदों पर 9 चौके की मदद से 38 रन व सुरेश रैना ने 39 गेंदों पर 3 चौके की मदद से नाबाद 36 रन बनाये और भारत को 260 रनो तक पहुँचाया ।

261 रनों का पीछा करते हुए पाकिस्तानी टीम की ओर से मोहम्मद हफीज ने 59 गेंदों पर 7 चौके की मदद से 43 रन बनाये । और मिस्बाह-उल-हक़ ने 76 गेंदों पर 5 चौके व 1 छक्के की मदद से मात्र 56 रन ही बना सके । और पाकिस्तानी टीम 49.5 ओवर में 231 रन बनाकर आल-आउट हो गई । और भारत ने इस सेमी-फाइनल मैच को 29 रनो से जीतकर फाइनल में प्रवेश कर लिया । भारत की ओर से ज़हीर खान, आशीष, मुनाफ, हरभजन व युवराज ने 2-2 विकेट लिए । सचिन तेंदुलकर को उनकी शानदार पारी के लिए मेन ऑफ़ द मैच से नवाजा गया ।

फाइनल मैच
भारत बनाम श्रीलंका
शनिवार 2 अप्रैल 2011
वानखेड़े स्टेडियम, मुंबई ।

आई.सी.सी विश्व कप-2011 के फाइनल मैच में दो बार टॉस हुआ । पहली बार टॉस हुआ तो मैच रेफरी ने ठीक से सुना नहीं था । कि श्रीलंका

के कप्तान कुमार संगकारा ने क्या मांगा था ऐसे में दुबारा टॉस किया गया और श्रीलंका के कप्तान कुमार संगकारा ने टॉस जीता । और पहले बल्लेबाज़ी करने का निर्णय लिया ।श्री लंका ने धीमी शुरुआत की। श्रीलंका की ओर से महिला जयवर्धने ने 88 गेंदों पर 13 चौके की मदद से नाबाद 103 रन, कप्तान कुमार संगकारा ने 67 गेंदों पर 5 चौके की मदद से 48 रन, दिलशान ने 49 गेंदों पर 3 चौके की मदद से 33 रन और आखरी में तीसारा परेरा ने 9 गेंदों पर 3 चौके व 1 छक्के की मदद से नाबाद 22 रन बनाकर श्रीलंका का स्कोर 274 रनो तक पंहुचा दिया । श्रीलंका ने अपनी इस पारी में 6 विकेट गवाए ।

275 रनों का पीछा करने उतरी भारतीय टीम की शुरुआत बेहद ही ख़राब हुई । सलामी बल्लेबाज वीरेंद्र सहवाग बिना खाता खोले ही आउट हो गए । तीसरे नंबर पर बैटिंग करने आए गौतम गंभीर ने सचिन तेंदुलकर के साथ मिलकर पारी को संभालने की कोशिश की लेकिन सचिन तेंदुलकर भी 31 रनो के निजी स्कोर पर 18 रन बनाकर कैच आउट हो गए सचिन के आउट होने के बाद विराट कोहली व गौतम गंभीर ने पारी को संभाला । लेकिन विराट कोहली भी 49 गेंदों पर 4 चोक्के की मदद से 35 रनों का ही योगदान दे पाये । उसके बाद युवराज सिंह की जगह क्रीज़ पर खुद कप्तान महेंद्र सिंह धोनी बैटिंग करने आए । दरअसल ये मास्टर प्लान सचिन तेंदुलकर ने कप्तान धोनी व कोच गैरी क्रिस्टन के साथ मिलकर बनाया था । सचिन ने कहा कि अगर कोई लेफ्टि बल्लेबाज़ आउट होता है तो लेफ्ट हैंडेड बल्लेबाज़ को भेजना और अगर कोई राइट हैंडेड बल्लेबाज़ आउट होता है तो राइट हैंडेड बल्लेबाज़ भेजना और फिर धोनी क्रीज़ पर आए । धोनी ने गंभीर के साथ मिलकर पारी को संभाला । दोनों बल्लेबाज़ के बीच 118 गेंदो पर 109 रनो की की साझेदारी हुई । गौतम गम्भीर 122 गेंदों पर 9 चौके की मदद से शानदार 97 रनो की पारी खेलकर आउट हो गये । उस समय भारतीय टीम का स्कोर 223 रन था उसके बाद वर्ल्ड कप में बेहतरीन फॉर्म में चल रहे युवराज सिंह क्रीज़ पर उतरे और धोनी के साथ मिलकर पारी को संभाला । युवराज सिंह ने 24 गेंदों पर 2 चौके की मदद से नाबाद 21 रन व कप्तान माही

ने 79 गेंदों पर 8 चौके व 2 छक्के की मदद नाबाद 91 रनो की मैच विनिंग पारी खेली । और भारत ने यह मैच 48.2 ओवर में 6 विकेट से जीत लिया । कप्तान धोनी ने पारी के 48.2 ओवर में कुलशेखरा की गेंद पर विजयी छक्का लगाकर भारत को दूसरी बार विश्व विजेता बनाकर स्वर्णिम अछरो में इतिहास रच दिया । जिससे कोई भी भारतीय क्रिकेट फैंस नहीं भूला सकता । कप्तान माही इस ऐतिहासिक मैच में मैन ऑफ़ द मैच रहे ।

2011 वर्ल्ड कप के हीरों
महेंद्र सिंह धोनी

कप्तान माही विश्व कप-2011 में फाइनल मैच के हीरो रहे । और भारत को दूसरी बार विश्व विजेता बनाया । माही ने फाइनल मैच में नाबाद 91 रन बनाए और विजयी छक्का लगाकर भारत को फिर एक बार विश्व कप जीतलाया । माही ने 2011 विश्व कप की खेली गई 8 परियो में 241 रन बनाये । और भारत को विश्व -विजेता बनाने में अपना महत्वपूर्ण योगदान दिया धोनी ने जब विजयी छक्का लगाया तो दर्शको के बीच एक ही आवाज गूंजी –

"DHONI – FINISHES OF THE STYLE"
A Magnificent Strike Into The Crowd,
India Lift The World Cup After 28 Years,
The Party Beginning In The Dressing Room,
The Best Finisher Of The World"

युवराज सिंह

विश्व कप 2011 में युवराज सिंह ने अपना अहम योगदान दिया है । युवराज सिंह ने 8 पारियों में 362 रन बनाये । जिसमे 4 अर्धशतक व 1 शतक शामिल है । और 15 विकेट भी अपने नाम किये इस वर्ल्ड-कप में

युवराज सिंह 4 बार मेन ऑफ़ द मैच बनने के साथ ही प्लेयर ऑफ़ द टूर्नामेंट भी रहे । और भारतीय टीम को दूसरी बार विश्व विजेता बनाने में अपना अहम रोल निभाया ।

सचिन तेंदुलकर

विश्व कप 2011 में क्रिकेट के भगवान का सपना पूरा हुआ । सचिन तेंदुलकर ने एक सपना देखा था । वर्ल्ड कप जीतने का सचिन तेंदुलकर ने वर्ल्ड कप 2011 में कड़ी मेहनत व संघर्ष किया और अपने सपने को पूरा किया । सचिन इस वर्ल्ड में भारत के सबसे सफल बल्लेबाज रहे और 9 परियो में 53.55 की औसत से 482 रन बनाए सचिन ने इस वर्ल्ड कप में 2 शतक व 2 अर्धशतक लगाये । इस प्रतियोगिता में सचिन ने 52 चौके व 8 छक्के लागए । और साथ ही विश्व कप 2011 में सबसे ज्यादा रन बनाने के मामले दूसरे व भारत की ओर से प्रथम बल्लेबाज़ रहे । और 2011 विश्व कप भी सचिन तेंदुलकर को समर्पित है ।

गौतम गंभीर

गौतम गंभीर भी फाइनल मैच के हीरो रहे । गौतम गंभीर ने फाइनल मैच में 97 रनो की यादगार पारी खेली। गंभीर ने 9 पारियों में 393 रन बनाए। गौतम गंभीर ने इस विश्व कप में 4 अर्धशतक लागए जिसमे उनका बेस्ट स्कोर 97 रन है जो फाइनल में श्रीलंका के विरुद्ध बनाए। और भारत को विश्व कप जितवाने में अपना मुख्य रोल निभाया ।

वीरेंद्र सहवाग

वीरेंद्र सहवाग 2011 विश्व कप में पहले मैच के हीरो रहे । सहवाग ने पहले मैच में ही बांग्लादेश के खिलाफ 175 रनो की शानदार पारी खेली । जो की इस वर्ल्ड कप उनका बेस्ट स्कोर रहा । सहवाग ने 8 पारियों में 122.58 के बेहतरीन स्ट्राइक रेट के साथ 380 रन बनाये । और सहवाग

ने इस विश्व कप में 1 शतक व 1 अर्धशतक भी लगाया और भारत को वर्ल्ड कप जीतलाने में अपनी मुख्य भूमिका निभाई ।

विराट कोहली

विराट कोहली 2011-वर्ल्ड कप में अपने विराट अंदाज से खेलते हुए नजर आए विराट कोहली ने इस वर्ल्ड कप में खेली गई 9 पारियों में 1 शतक व 1 अर्धशतक की मदद से 282 रन बनाये जिसमे उनका बेस्ट स्कोर नाबाद 100 रन बांग्लादेश के विरूद्ध पहले मैच में ही बनाया । और भारत को वर्ल्ड चैंपियन बनाने में अपनी मुख्य भूमिका निभाई ।

जहीर खान

जहीर खान 2011-विश्व कप के स्टार गेंदबाज रहे । जहीर खान ने इस विश्व कप में 9 पारियों में 18.76 की औसत व 4.83 की इकॉनमी से 21 विकेट अपने नाम किये । जिसमे उनका बेस्ट स्कोर नींदरलैंड के विरुद्ध 20/3 विकेट है । जहीर खान ने इस वर्ल्ड कप में शाहिद अफरीदी के बराबर 21 विकेट लिए और भारत के सबसे सर्वश्रेठ गेंदबाज साबित हुए । जहीर खान ने भारत को विश्व कप जितवाने में अपनी मुख्य भूमिका निभाई ।

विश्व विजेता माही
मैन ऑफ द सीरीज युवराज सिंह
क्रिकेट के भगवान का सम्मान
ICC Cricket World Cup 2011
जश्न ए हिंदुस्तान

13

ICC CHAMPIONS TROPHY-2013 (चैंपियंस की जीत का सफर)

1. भारत बनाम दक्षिण अफ्रीका

गुरुवार, 6 जून 2013, कार्डिफ ।

साउथ अफ्रीका ने टॉस जीता और पहले फील्डिंग करने का निश्चय किया ।

भारत की ओर से हिटमैन रोहित शर्मा ने 81 गेंदों पर 65 रन, शिखर धवन ने 94 गेंदों पर 114 रन व रविंद्र जडेजा ने 29 गेंदों पर नाबाद 47 रन बनाकर भारत का स्कोर 331 रनो तक पंहुचा दिया । भारत ने अपनी इस पारी में 7 विकेट गवाए । 332 रनों का पीछा करते हुए दक्षिण अफ्रीका की ओर से ए बी डिविलियर्स ने 71 गेंदों पर 70 रन, रोबिन पिटरसन ने 72 गेंदों पर 68 रन व रयान नैकलरेन ने 61 गेंदो पर नाबाद 71 रन बनाए । लेकिन टीम को जीत नहीं दिला सके । और साउथ

अफ्रीका निर्धारित 50 ओवरों में 305 रनो पर आल-आउट हो गई। भारत ने यह मैच 26 रनों से जीत लिया । शिखर धवन को उनकी बेहतरीन बल्लेबाज़ी के लिए मैन ऑफ़ द मैच मिला ।

2. भारत बनाम वेस्टइंडीज
मंगलवार, 11 जून 2013, लंदन ।

भारत ने टॉस जीतकर पहले गेंदबाज़ी करने का निर्णय लिया ।
वेस्ट इंडीज की ओर से जान्सन कारलेस ने 55 गेंदों पर 60 रन और डरेन शमी ने 35 गेंदों पर नाबाद 56 रन बनाकर वेस्ट इंडीज टीम को 233 रनो तक पहुँचाया । वेस्ट इंडीज ने अपनी इस पारी में 9 विकेट गवाए । भारतीय टीम की ओर से रवींद्र जडेजा ने शानदार गेंदबाज़ी करते हुए 10 ओवर में 36 रन देकर 5 विकेट लिए । भारत की ओर से शिखर धवन ने नाबाद 102 रन, रोहित शर्मा ने 52 रन व दिनेश कार्तिक ने नाबाद 51 रन बनाए । और भारत ने यह मैच 39.1 ओवर में 8 विकेट से अपने नाम किया । रवींद्र जडेजा को उनकी शानदार गेंदबाज़ी के लिए मेन ऑफ़ द मैच से नवाजा गया ।

3. भारत बनाम पाकिस्तान
शनिवार 15 जून 2013, बर्मिंघम ।

भारत ने टॉस जीतकर पहले गेंदबाज़ी करने का निर्णय लिया ।
धोनी के फैसले को सही साबित करते हुए भारतीय गेंदबाजों ने शानदार गेंदबाज़ी करते हुए पाकिस्तान को 39.4 ओवर में 165 रनो पर ही आल-आउट कर दिया । बारिश की वजह से ओवर घटाकर 40 ओवर का मैच कर दिया गया था लेकिन पाक 39.4 में ही आल-आउट हो गई । डकवर्थ लुईस नियम के तहत भारत को 166 रनों का लक्ष्य मिला । 166 रनों का पीछा करने उतरी भारतीय टीम के सलामी बल्लेबाज रोहित शर्मा व शिखर धवन ने शानदार शुरुआत दिलाई । बारिश की वजह से फिर खेल रुका । आधे घंटे की बरसात की वजह से भारत को 36 ओवर में 157 रनो

का टारगेट मिला । लेकिन फिर से बारिश ने मैच में प्रभाव डाला जिसके कारण भारत को जीत के लिए 22 ओवर में 102 रनो का टारगेट मिला । रोहित शर्मा के आउट होने के बाद शिखर धवन तेजी से रन बनाने के चक्कर में 48 रन बनाकर आउट हो गये । उसके बाद कोहली ने नाबाद 22 रन व कार्तिक ने नाबाद 11 रन बनाकर भारत को यह मैच 8 विकेट से जीता दिया । और सेमी फाइनल में प्रवेश कर लिया।भुवनेश्वर कुमार ने इस मैच में 8 ओवर में मात्र 19 रन देकर 2 विकेट लिए । और मेन ऑफ़ द मैच रहे ।

4. सेमीफाइनल मैच
भारत बनाम श्रीलंका
गुरुवार, 20 जून 2013, कार्डिफ ।

भारतीय कप्तान माही ने टॉस जीतकर पहले फील्डिंग करने का निर्णय किया । भारतीय बॉलर्स ने शानदार गेंदबाज़ी करते हुए श्रीलंकाई टीम को निर्धारित 50 ओवर में 8 विकेट के नुकसान पर 181 रनो पर ही रोक दिया । भारत की ओर से इशांत शर्मा ने 9 ओवर में 33 रन देकर 3 विकेट लिए और र.अश्विन ने भी 10 ओवर में 48 रन देकर 3 विकेट लिए । श्रीलंका की ओर से एंजेलो मैथूज ने 51 रन व महिला जयवर्धने ने 38 रन बनाए । 182 रनों का पीछा करते हुए भारतीय टीम की ओर से शिखर धवन ने 68 रन व विराट कोहली ने नाबाद 58 रनों की पारी खेली । और भारत ने यह मैच 35 ओवर में 8 विकेट से अपने नाम किया । और फाइनल में प्रवेश कर लिया इशांत शर्मा इस मैच के मैन ऑफ़ द मैच बने ।

5. फाइनल मैच
भारत बनाम इंग्लैंड
रविवार 23 जून 2013 बर्मिंघम ।

इंग्लैंड ने टॉस जीतकर पहले गेंदबाज़ी का फ़ैसला लिया ।

बारिश के कारण यह मैच 20-20 ओवर का कर दिया गया । भारतीय टीम की शुरुआत बेहद ही ख़राब हुई । हिटमैन रोहित शर्मा 9 रन व शिखर धवन 31 रन बनाकर आउट हो गये । उसके बाद विराट कोहली के 43 रन और आखिरी में रविंद्र जडेजा के नाबाद 33 रनो की बदौलत भारत ने 20 ओवर में 7 विकेट गवाकर 129 रन बनाए ।

130 रनों का पीछा करने उतरी इंग्लैंड की शुरुआत भी कुछ खास नहीं रही सिर एलेस्टर कुक 2 रन बनाकर आउट हो गये । इयोन मॉर्गन 33 रन और रवि बोपारा भी आखिरी में 30 रन बनाकर आउट हो गए । और इंग्लैंड निर्धारित 20 ओवर में 8 विकेट खोकर 124 रन ही बना सका । भारत 5 रनों से मैच जीतकर चैंपियन का खिताब भी जीत गया ।

भारत की ओर से जडेजा, र.अश्विन, इशांत शर्मा ने 2-2 विकेट व उमेश यादव ने 1 विकेट लिया ।
रविंद्र जडेजा को उनकी बेहतरीन आल-राउंडर प्रदर्शन के लिए मैन ऑफ़ द मैच का खिताब मिला ।
     रविंद्र जडेजा ने इस चैंपियनशिप में खेले गए 5 मैचों में 12 विकेट अपने नाम किये । और इस चैंपियनशिप में सबसे ज्यादा विकेट लेने के लिए गोल्डन बॉल से नवाजा गया । और शिखर धवन को इस चैंपियनशिप में बेहतरीन प्रदर्शन के लिए मेन ऑफ़ द सीरीज़ व गोल्डन बैट से नवाजा गया ।

शिखर धवन ने कुल 5 मैचों में 90.75 की औसत व 101.39 की बेहतरीन स्ट्राइक रेट से इस प्रतियोगिता में सबसे ज्यादा 363 रन बनाये । जिसमे 2 शतक व 1अर्धशतक शामिल है । शिखर धवन ने अपने गोल्डन बैट को उत्तराखंड के बाढ़ में जान गवाने वाले लोगो व उनके परिवार-जनों को समर्पित किया और मानवता का परिचय दिया ।
और इस चैंपियन जीत के साथ ही माही ICC की तीनो ट्रॉफी जीतने वाले विश्व के इकलौते कप्तान बने ।

रविंद्र जडेजा गोल्डन बॉल से सम्मानित
शिखर धवन गोल्डन बैट से सम्मानित

14

माही की उपलब्धियाँ, सम्मान व रिकॉर्ड्स

माही भारतीय क्रिकेट टीम के सफल कप्तान व सर्वश्रेष्ठ विकेटकीपर बल्लेबाज़ रहे है धोनी ने अपने क्रिकेट करियर में साल दर साल सफलता प्राप्त की है और कई रिकाइर्स व सम्मान प्राप्त किये है ।

MS DHONI T-20 RECORDS

1.एमएस धोनी ने 98 टी-20 इंटरनेशनल मैचों में 72 मैचों में कप्तानी करते हुए भारत को 41 मैचों में जीत दिलाई है ।

2. धोनी के नाम टी-20 इंटरनेशनल में सबसे ज्यादा 91 शिकार का विश्व रिकॉर्ड है जिसमे कुल 57 सात कैच वा 34 स्टम्पिंग है ।

3. धोनी टी-20 इंटरनेशनल मैचों में सबसे अधिक 84 मैचो में कभी भी शून्य पर आउट आउट नहीं हुए है जो उनकी खेल प्रतिभा को दर्शाता है ।

4. प्रथम भारतीय कप्तान जिन्होंने भारत को टी-20 वर्ल्ड कप जिताया ।

MS DHONI ODI RECORDS

1.महेंद्र सिंह धोनी चौथे भारतीय क्रिकेटर हैं जिन्होंने एक दिवसीय मैचों में 10,000 रन पूरे किए धोनी ने 273 पारियों में 10,000 रन पूरे किए ।

2. महेंद्र सिंह धोनी ने 14 जुलाई 2018 को इंग्लैंड के विरुद्ध मैच में 10,000 रन पूरे किए ।

3. महेंद्र सिंह धोनी 100 मैच जीतने वाले तीसरे कप्तान (पहले गैर - ऑस्ट्रेलियाई) है ।

4. वनडे इतिहास में 6 नंबर पर बल्लेबाजी करते हुए सबसे ज्यादा 4031 रन बनाने का विश्व रिकाइर्स अपने नाम दर्ज किया ।

5. नंबर-7 पर बल्लेबाजी करते हुए वनडे क्रिकेट में शतक बनाने वाले विश्व के एक मात्र बल्लेबाज है । (नंबर-7 पर 2 शतक लगाए)।

6. महेंद्र सिंह धोनी ने अपने वनडे करियर मे 9 बार सिक्स लगाकर भारत को मैच जीतलाया है जिसमे वर्ल्ड कप-2011 का एक छक्का भी शामिल है।

7. वनडे में भारत के लिए आठवें विकेट के लिए सबसे अधिक 100 रनो की अविजीत साझेदारी धोनी व भुवनेश्वर कुमार के नाम दर्ज है।

8. महेंद्र सिंह धोनी ने अपने वनडे करियर में सर्वाधिक 123 स्टंपिंग करने वाले एक मात्र विकेटकीपर है।

9. वनडे में भारतीय विकेटकीपर के तौर पर 1 पारी में सर्वाधिक 6 आउट करने का रिकाइर्स भी अपने नाम किया है।

10. वनडे में कुल 444 खिलाड़ियों को आउट करने का विश्व रिकाइर्स है जिसमे 321 कैच व 123 स्टंपिंग है।

MS DHONI TEST MATCH RECORDS

1. महेंद्र सिंह धोनी की कप्तानी में भारतीय टीम ने पहली बार 2009 में टेस्ट क्रिकेट रैंकिंग में शीर्ष स्थान प्राप्त किया।

2. टेस्ट क्रिकेट में 4000 रन पूरे करने वाले प्रथम भारतीय विकेटकीपर बल्लेबाज़ बने।

3. धोनी ने अपने टेस्ट करियर में सबसे अधिक 294 शिकार किये है जो की भारतीय विकेटकीपर द्वारा एक सर्वश्रेष्ठ प्रदर्शन है जिसमे 256 सात कैच व 38 स्टंपिंग है।

4. ऑस्ट्रेलिया के विरुद्ध 224 रन किसी भारतीय कप्तान का तीसरा सबसे बड़ा स्कोर है

5. धोनी ICC की टेस्ट इलेवन में तीन बार जगह बनाने में सफल रहे - वर्ष 2009, 2010 व 2013 में ।

एमएस धोनी के अदर समस्त रिकाइर्स

1. ICC की तीनो ट्रॉफी जीतने वाले विश्व के एकमात्र खिलाडी कप्तान –

- ICC T-20 World Cup-2007
- ICC Cricket World Cup- 2011
- ICC Champions Trophy- 2013

2. 2005 में श्रीलंका के विरुद्ध नाबाद 183 रन विकेट-कीपर बल्लेबाज़ द्वारा बनाया गया सर्वाधिक निजी स्कोर है ।

3. धोनी ने 6 मल्टीनेशनल वनडे मैचों में भारत को फाइनल में पहुंचाया जिसमे 4 मैच में भारत ने जीत दर्ज की है ।

4. धोनी की कॅप्टेन्सी में भारत ने 200 मैचों में से 110 मैच जीते है ।

5. धोनी 84 वनडे मैचों में नोट-आउट रहे जिसमे 51 बार भारत लक्ष्य का पीछा करते हुए 47 मैच जीता – (2 मैच भारत हारा व 2 मैच टाई हुए)।

6. एम एस धोनी की अगुवाई में भारतीय टीम ने 2010 , 2016 एशिया कप का खिताब भी अपने नाम दर्ज किया है।

MS Dhoni Achievements
एमएस धोनी सम्मान व अवाइर्स ।

1. एमएस धोनी को अपने वनडे में शानदार प्रदर्शन के लिए 20 मेंन ऑफ़ द मैच व 6 मेंन ऑफ़ द सीरीज मिले है ।

2. वर्ष 2006 में धोनी को युथ आइकन ऑफ द ईयर के रूप में नामित किया गया ।

3. वर्ष 2007 में राजीव गांधी खेल रत्न अवाइर्स से सम्मानित किया गया । (ये पुरस्कार खेल की दुनिया में दिया जाने वाला सर्वश्रेठ सम्मान है)

4. वर्ष 2008-2009 में उन्हें ICC, ODI प्लेयर ऑफ द ईयर से सम्मानित किया गया । (दो बार ये पुरस्कार जीतने वाले प्रथम खिलाडी)

5. महेंद्र सिंह धोनी को वर्ष 2009 में भारत का चौथा सर्वोच्च नागरिक सम्मान पद्म श्री से सम्मानित किया गया ।

6. महेंद्र सिंह धोनी को 2 अप्रैल 2018 में भारत का तीसरा सर्वोच्च नागरिक सम्मान पद्म भूषण से नवाजा गया ।

7. धोनी दूसरे भारतीय खिलाडी है जिन्हे कपिल देव के बाद इंडियन आर्मी का सम्मान पद मिला है ।

8. इंडियन आर्मी ने 1 नवम्बर 2011 में धोनी को लेफ्टिनेंट कर्नल की मानद रैंक से सुशोभित किया ।

9. धोनी को डी मॉटफोर्ट यूनिवर्सिटी(ब्रिटेन) द्वारा डायरेक्टर की मानद उपाधि 2011 में प्राप्त हुई ।

10. वर्ष 2011 में धोनी को कैस्ट्रोल इंडियन क्रिकेटर ऑफ द ईयर से सम्मानित किया गया ।

11. वर्ष 2013 में एमएस धोनी को एलजी पीपुल्स चॉइस अवार्ड मिला ।

माही के करियर का एक विकेट ।

माही ने अपने करियर में एक विकेट भी अपने नाम किया है । माही ने चैंपियन ट्रॉफी 2009 में वेस्ट इंडीज के विरुद्ध अपने अंतरराष्ट्रीय करियर का पहला विकेट लिया । माही ने अपने पहले ओवर की चौथी गेंद पर वेस्ट इंडीज बैट्समेन ट्रेविस डाऊलीन को बोल्ड कर दिया । और माही ने अपने करियर का पहला शिकार किया । इस मैच में माही ने 2 ओवर में 14 रन देकर 1 विकेट लिया । यह धोनी का 145वा वनडे मैच

था । भारत ने यह मैच 7 विकेट से जीता ।

एमएस धोनी की टेस्ट क्रिकेट में सबसे बड़ी पारी ।

धोनी ने टेस्ट मैच में सबसे बड़ी पारी बॉर्डर गावस्कर टेस्ट सीरीज में 22 फरवरी 2013 को ऑस्ट्रेलिया के विरुद्ध चेन्नई में खेली । इस मैच में धोनी ने 265 गेंदो पर 24 चौके व 6 छक्के की मदद से 224 रनों की पारी खेली । और धोनी ने अपने करियर का पहला दोहरा शतक लगाया । धोनी बतौर विकेटकीपर सबसे तेज दोहरा शतक लगाने वाले विश्व के प्रथम खिलाडी बन गए और भारत ने यह मैच 8 विकेट से जीत लिया ।

एमएस धोनी की 7 वनडे यादगार पारिया ।

धोनी को सात का सिकंदर कहा जाता है धोनी ने अपने वनडे करियर में महत्वपूर्ण 7 पारियों में भारत को जीत दिलाई है ।

1. धोनी नाबाद 91 रन, श्रीलंका ।

माही की क्रिकेट करियर के तौर पर सबसे यादगार पारी के रूप में नाबाद 91 रनों की पारी को सबसे यादगार पारी माना जाता है जो उन्होंने 2011 वर्ल्ड कप फाइनल में श्रीलंका के विरुद्ध वानखेड़े में शनिवार 2 अप्रैल 2011 को खेली। धोनी ने इस ऐतिहासिक मैच में 79 गेंदों पर 8 चौके व 2 छक्के की मदद से नाबाद 91 रन बनाए। और भारत को दूसरी बार विश्व कप का खिताब जीताया। उनकी यह पारी आज भी करोड़ो भारतीय क्रिकेट फैंस को याद है ।

2. धोनी नाबाद 183 रन, श्रीलंका ।

धोनी ने अपने वनडे पारी का सर्वाधिक उच्च स्कोर 31 अक्टूबर 2005

को जयपुर के सवाई मानसिंह स्टेडियम में श्रीलंका के विरुद्ध बनाया। धोनी ने इस मैच में 145 गेंदों पर 15 चौके व 10 छक्के की मदद से नाबाद 183 रन बनाए। जो की एक विकेटकीपर बल्लेबाज़ द्वारा बनाए गए सर्वाधिक निजी स्कोर है। भारत ने यह मैच 6 विकेट से जीता।

3. धोनी 148 रन, पाकिस्तान ।

माही के लिए यह बेहद ही यादगार रहा। और उनके करियर के लिए टर्निंग पॉइंट साबित हुआ माही ने पाकिस्तान के विरुद्ध अपने 5वे एक-दिवसीय वनडे मैच में करियर का पहला शतक 5 अप्रैल 2005 को विशाखापट्नम के मैदान पर लगाया। माही ने इस मैच में 123 गेंदों पर 15 चौके व 4 छक्के की मदद से 148 रनो की यादगार पारी खेली। और भारत ने यह मैच 58 रनों से जीत लिया। माही के साथ उनके फैंस को भी यह पारी याद है।

4. धोनी 124 रन, ऑस्ट्रेलिया ।

धोनी ने 28 अक्टूबर 2009 को ऑस्ट्रेलिया के विरुद्ध नागपुर में 107 गेंदों पर 9 चौके व 3 छक्कों की मदद से 124 रन बनाए और माही ने अपने वनडे करियर का 5वा शतक लगाया। भारत ने यह मैच 99 रनों से जीता माही इस मैच के मैन ऑफ़ द मैच रहे।

5. माही नाबाद 72 रन, पाकिस्तान ।

माही ने 13 फरवरी 2006 को पाकिस्तान के विरुद्ध लाहौर में 46 गेंदों पर 13 चौके की मदद से नाबाद 72 रन बनाये। और युवराज सिंह के साथ बल्लेबाजी करते हुए भारत को 5 विकेट से यह मैच जिताया। जिसके बाद माही को फिनिशर किंग कहा जाने लगा।

6. धोनी नाबाद 44 रन, ऑस्ट्रेलिया ।

धोनी ने 12 फरवरी 2012 को एडिलेड में ऑस्ट्रेलिया के विरुद्ध नाबाद 44 रनो की यादगार पारी खेली। जो क्रिकेट प्रेमियों के दिलों पर छाप छोड़ गई। भारत को जीत के लिए आखरी 4 गेंदों पर 13 रनों की जरूरत

थी। और माही ने आखरी में छक्का लगाकर भारत को यह मैच 4 विकेट से जीता दिया।

7. माही नाबाद 45 रन, श्रीलंका ।

एम एस डी ने 11 जुलाई 2013 को पोर्ट ऑफ़ स्पेन में टाई सीरीज के फाइनल में श्रीलंका के विरुद्ध बेमिसाल पारी खेली। श्रीलंका लगभग जीत दर्ज कर चूका था। भारत को जीत के लिए आखरी ओवर में 15 रनों की जरूरत थी। और हाथ में एक ही विकेट बचा था। और माही स्ट्राइक पर थे। शमिंडा इरिंगा की पहली गेंद डॉट निकल गयी। लेकिन अगली 3 गेंदों पर माही ने 6, 4, 6 लगाकर अनहोनी को होनी कर दिया। धोनी ने इस रोमांचक मैच में नाबाद 45 रन बनाए और मेन ऑफ़ द मैच भी बने ।

15

एमएस धोनी द अनटोल्ड स्टोरी ।

एमएस धोनी के करियर से जुड़ी फिल्म । फिल्म निर्देशक नीरज पांडेय ने महेंद्र सिंह धोनी के संघर्षपूर्ण जीवन पर एक बायोपिक फिल्म बनाई है । और इस फिल्म का नाम एनएस धोनी द अनटोल्ड स्टोरी रखा । यह फिल्म 30 सितंबर 2016 को रिलीज हुई । इस फिल्म में एमएस

धोनी का रोल अभिनेता सुशांत सिंह राजपूत ने निभाया था । जिसकी लोगों व क्रिकेट फैंस ने खूब सराहना की ।

WELL MISS YOU SUSHANT SINGH RAJPUT

अपने अभिनय से हम सबको लुभाया है आपने ।

राजपूत होते हुए भी करोड़ों भारतीय दिलों पर राज किया है आपने ।

यू तो संघर्ष की राह आपके लिए भी आसान नही रही होगी ।

फिर भी उस राह पर चलकर अपनी मंजिल को पाया है आपने ।

भले ही दूर हो गए हो आप हमसे पर दूर होकर भी एक गहरा पवित्र रिश्ता बनाया है आपने ।

16

हेलीकाप्टर शॉट के जनक - संतोष लाल

महेंद्र सिंह धोनी का हेलीकाप्टर शॉट दुनिया भर में मशहूर है । धोनी को यह शॉट खेलना बेहद ही पसंद है । महेंद्र सिंह धोनी को हेलीकाप्टर शॉट उनके बचपन के प्रिय मित्र संतोष लाल ने सिखाया था । संतोष लाल एक निडर बल्लेबाज़ थे । धोनी का हेलीकाप्टर शॉट आज बहुत मशहूर है लेकिन संतोष लाल को इस शॉट में महारथ हासिल थी । धोनी ने हमेशा

ही संतोष लाल की बैटिंग स्टाइल की तारीफ की है । धोनी के दोस्त इस शॉट को थप्पड़ शॉट कहते है । और इस शॉट के जनक संतोष लाल थे ।

दुनिया से दूर, पर दिल के
बेहद करीब
माही के बचपन के प्रिय मित्र
संतोष लाल
हेलीकाप्टर शॉट के जनक
महेंद्र सिंह धोनी का जीवन एक प्रेरणा का स्रोत

करोड़ो भारतीय युवाओ के लिए महेंद्र सिंह धोनी का संदेश -
"डर को भूल जाओ और कुछ अलग करो"

-महेंद्र सिंह धोनी

"

है विश्व विजेता धोनी आपका जीवन हम सब के लिए एक

प्रेरणा का स्रोत है ।
है विश्व विजेता माही आपके संघर्ष को सलाम है ।
"

17

एक प्रेरणा का स्रोत ।

शांत स्वभाव (Quite Nature) – सभी के साथ विन्रमतापूर्वक शांत-स्वभाव व सोच समझकर बात करना ।

धैर्य (Patience) - विपरीत परिस्थितियों में धैर्य बनाये रखना ।

आत्मविश्वास (Self Confidence) – एक इंसान की सबसे बड़ी ताकत उसका आत्मविश्वास होता है ।

लक्ष्य (Target) - जीवन को सफल बनाने के लिए जीवन में एक निश्चित लक्ष्य बनाये रखना चाहिए ।

अपना बेहतर प्रदर्शन (Give Your Best) – किसी कार्य में सफलता पाने के लिए उस कार्य को सच्ची लगन से करना चाहिए क्योंकि जब हम बेहतर करेंगे तो दुनिया हमे बेहतरीन समझेगी ।

ख्वाब (Dream) – बिना सपनो के जीवन अधूरा होता है ।

संघर्ष (Struggle) - संघर्ष ही सफलता की सबसे बड़ी कुंजी हैं।

विश्व कप - 2011 संघर्ष की बना मिसाल
हम सबके लिए एक प्रेरणा का स्रोत ।

सचिन तेंदुलकर से प्रेरणा – अपने सपनो को पूरा करने का जज्बा और जिद्दी होने की ।
क्रिकेट के भगवान सचिन तेंदुलकर का 23 साल बाद विश्व कप जीतने का सपना पूरा हुआ ।

वीरेंद्र सहवाग से प्रेरणा - हमेशा अपने दिल की सुनने व अपने मस्ताना अंदाज में जीवन जीने की ।
वीरेंद्र सहवाग हमेशा अपने मस्तमौला अंदाज में खेलते नज़र आये है ।

गौतम गम्भीर से प्रेरणा – विपरीत परिस्थितियों में हिम्मत बनाये रखने की ।
गौतम गंभीर ने विश्व कप-2011 में हमेशा की तरह विपरीत परिस्थितियों में भारतीय टीम को संभाला है ।

विराट कोहली से प्रेरणा – हमेशा जोश और जूनून बनाये रखने की
विराट कोहली हमेशा मैदान पर जोश व जुनून के साथ उतरते है । विश्व कप-2011 में विराट ने बताया कि एक इंसान अपने नाम से नहीं बल्कि अपने काम से विराट होता है ।

युवराज सिंह से प्रेरणा – अपने देश के लिए सब कुछ न्योछावर कर देने की ।
युवराज सिंह जब विश्व कप-2011 में कैंसर से लड़ रहे थे तब उन्होंने अपने जीवन से ज्यादा भारत को विश्व कप जीताना जरुरी समझा ।

महेंद्र सिंह धोनी से प्रेरणा - अपने आप की सुनने और किसी काम को धैर्यपूर्वक व संघर्षपूर्ण तरीके से करने की ।

महेंद्र सिंह धोनी ने विश्व कप-2011 में आत्मविश्वास के साथ धैर्यपूर्वक और संघर्षपूर्ण तरीके से अपने फिनिशर के काम को पूरा किया जिसमे करोड़ो भारतीयों के चेहरे खुशी से खिल गए ।

जहीर खान से प्रेरणा - दुनिया की होड़ में अपने आप को साबित करने की ।
जहीर खान ने विश्व कप-2011 में अपनी एक अलग पहचान बनाई है ।

सुरेश रैना से प्रेरणा - उम्मीदों पर खड़ा उतरने की ।
सुरेश रैना ज्यादा तर उम्मीदों पर खड़ा उतरते आये है ।

हरभजन सिंह से प्रेरणा - मुश्किल वक़्त पर हमेशा साथ निभाने की।
हरभजन सिंह ने हमेशा भारतीय टीम का मुश्किल वक़्त में साथ दिया है ।

विश्व कप -2011 में भारत ने जीता जहाँ और हम सब के लिए एक प्रेरणा की मिसाल बना । यह कहानी है उन समस्त करोड़ो भारतीय क्रिकेट फैन्स के सपनो की जीत की जो हमें प्रेरणा देती है जोश, जूनून, जज्बा, कड़ी मेहनत और संघर्ष से अपने सपनो को पूरा करने की।

महेंद्र सिंह धोनी के आदर्श व्यक्तित्व की महत्वपूर्ण बातें या विचार जो हमें जीवन में आगे बढ़ने की प्रेरणा देती है ।

18

एमएस धोनी के प्रेरणादायक विचार

1. क्वांटिटी से ज्यादा क्वालिटी का महत्त्व – माही का मानना है की क्वांटिटी से ज्यादा क्वालिटी का महत्त्व होता है। अगर हम किसी काम को सच्ची लगन व मेहनत से करें तो हमें सफलता जरूर मिलेगी।

2. निडर रहे – हमे किसी भी काम को निडर होकर करना चाहिए। क्योकि डर के साथ हम उस काम को नही कर सकते हमारी निडरता व साहस ही उस काम को सफल बनाता है।

3. दबाव ना ले – कैप्टन कूल माही का कहना है कि किसी काम को बिना दबाव के ही करना चाहिए। हमे परिणाम से ज्यादा अपने कर्म पर ध्यान देना चाहिए तभी हम अपने काम में सफल हो सकते है।

4. अपना समय प्रभावी तरीके से मैनेज करे – एमएस धोनी का मानना है की समय अनमोल होता है। समय की खास बात होती है की समय गुजरता रहता है हम समय का इन्तजार कर सकते है लेकिन समय किसी का इंतजार नहीं करता। वह हमेशा की तरह गुजरता रहता है जिसका हमें आभास भी नहीं होता। लेकिन जब समय हमारे हाथ से

निकल जाता है तो हमे आभास होता है। की वो समय कितना अनमोल था जिसकी कभी हमने कीमत नहीं समझी। इसलिए जल्दी से प्रभावी तरीके से टाइम को मैनेज करना सीखे।

5. जिम्मेदार बने – विश्व विजेता एमएस धोनी का कहना है कि जब तक इंसान के कंधों पर जिम्मेदारी नहीं आती तब तक उसे असल जिंदगी का ज्ञान नहीं होता है। और जैसे ही इंसान जिम्मेदारी लेना सीख जाता है तो उसे असल जिंदगी का ज्ञान होना शुरू हो जाता है।

6. दूसरों को दोष न दे – माही का मानना है की हमे किसी काम में सफलता ना मिलने पर अपने साथी या दूसरों को दोष नहीं देना चाहिए क्योंकि ऐसा करना उचित नहीं होता है। जाहिर है कि किसी भी इंसान का एक दिन अच्छा नहीं होता है। पर हमे सब कुछ भूलकर आगे फिर से कोशिश करनी चाहिए हमें सफलता जरूर मिलेगी।

7. किसी भी परिस्थिति में खुद को पॉजिटिव रखना – एमएस धोनी का कहना है कि अगर आप किसी भी परिस्थिति में खुद को पॉजिटिव रख पाए तो आप कैसी भी कठिन परिस्थिति हो आप आसानी से निकल जायेंगे। और जीत भी आपको मिलेगी इसलिए खुद को पॉजिटिव रखें और हर परिस्थिति का डट कर सामना करें यही सफलता का रहस्य है।

8. अपनी गलतियों से सीखना – धोनी का मानना है की सीखना सबसे महत्वपूर्ण होता है। अपनी गलतियों से ही इंसान जीवन में आगे बढ़ना सीखता है कि वापस उन ग़लती को न दोहराया जाये जो हो गया सो हो गया आगे बढ़ने की सोच रखे।

9. बुरे वक़्त में हिम्मत से काम लेना – एमएस धोनी का कहना है कि जीवन में कुछ बुरे दिन भी होते है जो आपको टुटा हुआ महसूस कराते है लेकिन उस वक़्त हमें हिम्मत से काम लेना चाहिए। क्योंकि बुरा दौर एक दिन ख़त्म हो जाता है।

10. आत्मविश्वास बनाये रखना – एमएस धोनी कहते है की आत्मविश्वाश हमेशा मेरे अच्छे गुणों में से एक रहा है। मैं हमेशा बहुत आश्वस्त रहता हूँ हमेशा अग्रेसिव और कॉन्फिडेंस रहना मेरा नेचर है।

महेंद्र सिंह धोनी के जीवन पर लिखी गयी
एक प्रेरणादायक शायरी –

शांत स्वाभाव में रहना सीखा है आपने और जीवन में धैर्य बनाए रखा आपने,
जीवन में मुश्किलों से लड़कर मुश्किलों का सामना करना सीखा आपने,
अपनी मंजिल की ओर बढ़ना सीखा है, राह में आई मुश्किलों से खुद को दूर नहीं किया आपने,
हार से सबक लेकर जीत की ओर बढ़ना सीखा है आपने,
जीवन में एक ख्वाब देखा था आपने, और
संघर्ष की राह पर चलकर उस ख्वाब को पूरा किया आपने।

Thank You MS Dhoni
हम सब के लिए एक प्रेरणा का स्रोत बनने के लिए ।

आपने क्रिकेट खेलना शुरू किया,
तो यह आपका पैशन बन गया,
और पैशन के तोर पर खेलना चाहा,
तो यह आपका ख्वाब बन गया।

राह में आई बहुत सी मुश्किलें पर अपने डर को भूलाकर और कुछ अलग करने की सोच से आपने अपने ख्वाब को पूरा किया।

भारत को विश्व-विजेता बनाकर स्वर्णिम अक्षरों में आपने इतिहास रच दिया। और अपने इस संघर्षपूर्ण जीवन को करोड़ों भारतीय युवाओं के

लिए प्रेरणा की मिसाल बना दिया।

एक कविता महेंद्र सिंह धोनी की खेल शैली के नाम ।
कविता का नाम - माही वे ।
लेखक- आशाराम मीणा ।

ओ माही वे ....
आपने अपनी शैली में खेलना शुरू किया तो
हमारी आँखों को एक आदत-सी हो गयी आपको खेलता देख निहारने की।
आप की तो आदत है शांत स्वाभाव में खेलने की
पर हम सब दर्शकों की भी आदत रही है आपको खेलता देख शोर मचाने की।
मैदान पर भले ही आपको जीत मिलती रही पर करोड़ो भारतीय क्रिकेट फैंस की भी एक खास बात रही है उस जीत का जश्न मनाने की ।

आज भी याद है हमें वो एतिहासिक पल भारत को गौरव पथ(विश्व-विजेता) दिलाने की
और जब-जब उतरते आये हो आप मैदान पर करोड़ो फैंस के दिलों से एक ही आवाज निकली है....
माही, माही वे, ओ माही वे..... ।

19
Struggle Of Definitions संघर्ष के तथ्य

- संघर्ष में आपकी प्रतिभा के साथ-साथ आपके आत्मविश्वास और धैर्य का भी इम्तिहान होता है ।
- संघर्ष की राह आसान नही होती पर बिना संघर्ष किसी को अपनी मंजिल नही मिलती है ।
- सपने हमारे संघर्ष से जुड़े हुए होते है क्योंकि संघर्ष ही हमारे सपने पुरे करने में मदद करता है ।
- अगर आपको ज़िद्दी बनना है तो अपने सपनो को पूरा करने की ज़िद्दी रखो ताकि दुनिया भी आपके ज़िद्दी बनने की मिसाल दे ।
- संघर्ष हमें कभी नही हराता हम हारते तब है जब हम खुद से हार मान लेते है ।
- संघर्षपूर्ण जीवन ही एक सफल जीवन है ।

विशेष संदेश

एक विशेष खास संदेश उन सभी करोड़ों युवाओं के लिए जो अपने जीवन को सफल बनाना चाहते है। यानि जीवन में सफलता प्राप्त करना चाहते है। इस किताब को लिखने के पीछे मेरा उदेश्य आप सभी को यह बताना है कि जीवन में कड़ी मेहनत यानि संघर्ष का महत्त्व कितना ख़ास होता है। यह किताब महेंद्र सिंह धोनी के संघर्ष को समर्पित है जो की आज हम सब के लिए एक प्रेरणा की मिसाल है। एमएस धोनी ने अपने बचपन के शुरूआती दिनों में ही संघर्ष करना सीख लिया था। और एमएस धोनी ने अपने क्रिकेटर बनने के सपनें को कड़ी मेहनत और संघर्षपूर्ण तरीके से सम्पन किया। एमएस धोनी के जीवन में कई उतार-चढ़ाव के दिन आये थे। जिसने एमएस धोनी को टुटा हुआ महसूस कराया था लेकिन धोनी ने आत्मविश्वास व धर्यपूर्वक उन मुश्किलों का सामना किया। और अपने क्रिकेटर बनने के सपनें को साकार किया ठीक उसी तरह हमें भी अपने ड्रीम्स अपने सपनों को पूरा करने के लिए जीवन में कड़ी मेहनत, आत्मविश्वास और संघर्ष की जरुरत है। क्योंकि संघर्ष के बिना सपने अधूरे होते है। संघर्ष ही उन सपनो को साकार करने में हमारी मदद करता है। और एमएस धोनी का जीवन एक संघर्षपूर्ण जीवन है जो की हम सभी के लिए एक प्रेरणा का स्रोत है।

धन्यवाद

आशाराम मीणा